아리랑

고개를 넘다

아리랑 고개를 넘다

지 은 이 | 이현창
펴 낸 이 | 김원중

기   획 | 허석기
편   집 | 이은림, 김주화
디 자 인 | 안은희, 옥미향
제   작 | 김영균
관   리 | 차정심
마 케 팅 | 박혜경

초판인쇄 | 2017년 03월 08일
초판발행 | 2017년 03월 13일

출판등록 | 제313-2007-000172(2007.08.29)

펴 낸 곳 | 도서출판 상상나무
            상상바이오(주)
주   소 | 경기도 고양시 덕양구 행주내동 743-12
전   화 | (031) 973-5191
팩   스 | (031) 973-5020
홈페이지 | http://smbooks.com
E - m a i l | ssyc973@hanmail.net

ISBN 979-11-86172-41-4(03810)

값 12,000원

본래의 하늘 마음을 찾아

서언(序言)

아리랑 전 간원(懇願)

이 글을 쓸 수 있도록 허락해 주신 거룩하신 아리랑 하느님께 감사 기도를 드립니다.

한글날 노랫말 속에 '배달(倍達)의 나라' 라는 말이 나온다. 배달민족이 상고신화에 등장하는데, 왜 우리 민족을 배달민족이라고 불렀을까? 역사서에서는 우리 강산을 금수강산이라 부르고 우리 겨레를 홍익인간이요, 백의민족이라고 했으며 동방예의지국이라고 불렀다.

작아도 침략을 받지 않고 사는 나라들도 많은데, 어찌하여 우리 민족은 늘 강대국의 침략으로 압박과 설움을 받아야만 했을까? 또한 우리 겨레에게 가장 익숙하게 구전되어 내려오는 민요 '아리랑'은 언제부터 그렇게 불려왔을까?

아리랑은 무엇을 뜻하는 것이며 왜 아리랑 고개를 넘어간다고 했을까? 나를 버리지 말라는 간절하고도 애타는 마음이 느껴지는 것은 무엇 때문일지 생각해 본다. 너무나 사랑하는 임일까? 그렇다면 우리 민족 모두가 그토록 사랑하는 임은 과연 누구일까?

분명 우리 배달민족과 관계가 있으니 그분은 분명 거룩하신 '아리랑 하느님'이라고 생각되었다. 우리 배달민족의 잘못을 일깨우고 가르쳐 주시기 위해 그 벌로써 아리랑 고개를 넘게 하고, 힘들어도 빨리 넘어 따라오라고 하는 것 같은 느낌이 들었다.

그 잘못이 얼마나 크기에 이렇게 오랜 기간 고통을 주는 것일까? 큰 벌을 받을 잘못이라고 하면 분명 다른 사람을 해치는 범죄일 것인데, 그 범죄는 무엇이고, 언제 어디서 어떻게 죄를 지었기에 이렇게 대대손손 길고도 긴 세월 고통을 받아야만 하는 것일까?

세상의 모든 범죄는 지나친 욕심 때문에 생긴다. 본래의 깨끗하고 아름다운 마음 속에 욕심을 간직하게 되는 것이 바로 인간의 원죄가 아니겠는가? 그래서 우리 배달민족 모두 그 원죄가 되는 욕심을 버리도록 하는 것이 하느님의 강력한 교훈이 아니겠는가?

사사로운 욕심을 모두 버리는 것이 바로 그토록 어렵고 험난한 아리랑 고개를 넘는 과정이라고 생각되었다. 그래서 우리 민족은 하느님의 가르침으로 아리랑 고개를 힘겹게 넘어 왔으며 지금도 넘어가고 있다는 생각이 든다.

그 훈육의 벌이 너무나 엄하고 긴 세월이라 견디기가 참으로 어렵다. 강대국의 침략으로 압박 받으면서 설움고개도 넘어야 했고, 6.25 전쟁과 같은 동족상쟁의 피난고개도 넘고, 꿀꿀이죽도 먹어야 했고, 4.19 혁명과 5.16 군사혁명도 치러야 했다. 가난과 어려움으로 고통 받는 사람들도 많아졌으며 IMF 사태와 같은 경제파탄으로 인해 노숙자와 자살자가 많은 사회가 되기도 했다.

지금도 우리 사회는 내부적인 혼란과 북한의 협박으로 인해 불안한 상태에 있다. 그 모든 고통과 재앙은 하느님의 법령을 거역한 원죄 즉, 지나치게 자기 욕심만 부리는 못된 사람들 때문에 일어난 사건들이다.

하느님이 보시기에는 짧은 기간이지만, 우리 인간들에게는 너무나 긴 세월이다. 그래서 사랑이 많으신 하느님은 우리 배달민족이 좀 더 빨리 아리랑 고개를 넘게 하기 위해 긴 역사를 통해서 이따금 백성을 지극히 사랑하시는 선한 아리랑 마음으로 가득 찬 지도자를 보내 주신다. 고통 받는 백성들을 살리는 위대한 지도자들의 크나큰 업적으로 인해 시간이 갈수록 온 세상에 그 빛이 퍼져나가고 있다.

우리에게 왔던 위대한 지도자들은 과연 어떤 분들이 있었을까? 이 책을 읽어 보면 알게 될 것이다. 그러나 그분들이 살았던 시대에는 그 위대함을 잘 알지 못해 반대하는 사람들도 많이 있었다는 것 또한 이 책을 통해서 알게 될 것이다.

지난 일을 생각하는 역사는 과거와 현재를 잇는 인과(因果)이며, 미래를 찾는 희망이라고 본다. 그런데 아직도 북한의 수령처럼 하느님의 참뜻을 알지 못하는 어리석은 사람들은 하느님의 강력한 진노의 훈육을 스스로의 욕심과 고집으로 인해 받아들이지 못하고 있다. 이처럼 아리랑 고개를 잘 넘지 못하는 사람들이 너무나도 많아 참으로 걱정스러울 뿐이다.

그들은 언제쯤이나 아리랑 고개를 넘어 아리랑 마음으로 돌아올까? 참으로 안타깝다. 하나님의 진노로 인한 더 큰 벌을 받기 전에 우리 모두 내 욕심을 버리고 아리랑 고개를 넘어 하루빨리 아리랑 마음으로 돌아가자.

이 세상의 모든 인간들이 죄악의 원인이 되는 욕심을 모두 깨끗이 비워 내고 하느님이 주신 선한 양심을 되찾는다면 하느님의 뜻이 하늘에서 이루어진 것 같이 땅에서도 이루어지리라 확신하는 바이다.

丁酉年 正月

井山

7

목차

제一장

천하지상으로의

실락

제 1장 / 천하지상으로의 실락

아리랑과 아리랑 마음

　아주 오래 전 까마득한 옛날, 하늘나라의 하느님이 스스로의 형상을 닮은 인간들을 만들어 사회를 이루어 살게 하였는데, 그중에 '아리' 라는 마을이 있었다. 이 마을에는 배랑이라고 하는 건실한 청년과 달낭이라고 하는 아리따운 처녀가 있었는데, 그들은 서로 눈이 맞아 동산낙원을 거닐면서 서로 사랑을 나누고 있었다.

　그 때의 하늘나라 말은 오늘날 지상의 인간세계에서 사용하는 것처럼 그렇게 세분화되지 않았었다. 아리라고 하는 말은 크고, 넓고, 깨끗하고, 아름답다는 뜻이 담긴 말이고, '랑' 이라는 말은 사람을 뜻했다. 임금님, 선생님처럼 호칭 뒤에 붙는 '님' 자와 비슷하게 쓰였다고 생각하면 되겠다.

남자를 낭자(郎子)라고도 부르는데 신랑(新郎)과 화랑(花郎)이라는 단어도 여기에서 유래한 것이다. 또한 여자를 뜻하는 낭자(娘子)라는 단어에서 보듯이 남자뿐만 아니라 여자에게도 랑이라는 글자가 쓰이고 있다.

그래서 '아리랑'은 아리 마을에 사는 모든 사람들을 뜻한다. 하느님의 백성들인 것이다. 이런 의미에서 보면 아리 마을을 다스리는 하느님 또한 아리랑을 다스리시는 아리랑이라고 말할 수 있다.

하느님은 그 때, 먼 훗날 지상 인간의 햇수로 수천 년이 지난 뒤에 인간사회에서 처음 글자가 생기면 아리는 우리 민족의 조상인 아리랑이 살던 천상의 옛 고향 마을, 우리 마을을 의미하는 아리(我里)로, 랑은 사람을 의미하는 랑(郎)으로, 아리랑은 我里郎으로, 배랑과 달낭은 倍郎과 達娘이라는 한자로 쓰게 될 것이다, 라고 이미 알고 계셨다.

이 곳 아리는 끝없이 넓고 깨끗하고 아름다운 동산에 맑은 시냇물이 흐르고, 곱고 예쁜 온갖 꽃들이 만발하고 들짐승들이 즐거이 뛰놀며 온갖 과일과 곡식이 넘쳐 나는 곳이었다. 풍요롭고 살기 좋으며 정겹고 화평스러운 아리따운 마을이었다.

그래서 아리 마을에 사는 모든 사람들 즉 아리랑 백성들은 하느님이 주시는 온갖 은혜를 다 누리며 평화스럽고 행복하게 살고 있었다. 그들은 서로 아끼고 사랑하며 서로 믿고 존중했으며 서로 돕고 서로 나누며 살았다. 남을 속일 줄도 모르고 해치는 일도 없었으며 미워할 줄도 몰랐다.

좀 더 가지려는 욕심을 부릴 줄도 모르는 순박하고 깨끗하고 선량한 마음, 그러니까 하느님이 만들어 주신 본 마음 그대로 양심만 가지고 하느님의 은혜에 감사하며 하느님을 사랑하고, 하느님을 높이 받들어 공경하며 살았다. 하느님을 두려워하며 하느님의 말씀과 진리에 따라 현명하고 행복하게 살아가는 사람들이었다.

오늘날 지상세계 우리 인간들의 마음속에는 하느님이 만들어 주신 양심인 선한 마음과 욕심을 부리는 악한 마음, 두 마음이 항상 서로 다투며 도사리고 앉아 있다가, 악한 마음이 강해지면 욕심이 생겨 죄를 짓곤 하는 것이다.

그러나 아리 마을에 사는 아리랑들의 마음 속에는 욕심 같은 악한 마음은 전혀 없고 오직 선하고 착하고 고운 마음뿐이었다. 결국 아리에 사는 사람은 아리랑이고, 이 아리랑들의 마음 속에는 그들만이 가지고 있는 순박하고 선량한 양심 즉 아리랑 마음 하나만이 있을 뿐이었다.

아리랑들이 사는 이 아리 마을은 오늘날 지상세계의 모든 인간들이 그리워하며 동경하고 갈망하는 이상향으로서 영생하는 천당이자 극락세계이고, 에덴동산이라고 말할 수 있는 것이다.

이러한 아리 마을에 어느 날, 큰 경사가 벌어졌다. 하느님이 가장 믿고 아끼는 배랑이라는 씩씩한 청년과 하느님이 가장 사랑하는 아리따운 달낭 아가씨가 하느님의 주례로 혼인을 하게 된 것이다.

많은 아리랑 하객들의 축하 속에서 혼례와 축하연이 열렸다. 그들은 아리 마을에서 가장 아름답고 행복한 배달 부부가 되었다. 그들 부부는 날마다 아름다운 아리 동산을 거닐며 신혼부부의 정을 다졌다.

하늘나라의 법령과 쓰리랑 마음

어느 날 아리 마을을 다스리는 아리랑 하느님이 마을에 사는 모든 백성들을 한자리에 모이게 하셨다. 하느님은 높은 옥좌에 앉아서 아리랑들을 굽어보며 간곡히 당부하는 마음으로 하늘 나라의 법령을 공포하셨다.

"이 아리 동산에 있는 것들은 모두 이 아리 마을에 사는 아리랑 백성들의 것이다. 그러니 너희들 마음대로 무엇이든지 먹고 쓰고 이용하며, 모든 것을 다 누려도 좋다. 그러나 오직 한 가지만은 반드시 지켜야 하느니라."

하느님은 엄중히 당부하셨다.

"저기 저 천도선악과만은 절대로 따먹지 말아야 하느니라. 만일 그것을 따 먹으면 죽을 것이니라."

이처럼 하느님은 엄명을 내리셨다. 인간이 윤리의식 없이 동물처럼 방종하지 않고 법질서를 지켜 진정한 자유를 누리려면 그에 따르는 책임의식이 동반함을 알게 하기 위해서였다. 이제 사람들에게는 선악과를 따 먹을지, 아니면 하느님의 말씀을 따라서 복종할지 선택할 수 있는 기회가 주어졌다. 이 법령은 자신의 결단으로 자기 운명을 스스로 개척할 수 있는 선택의 자유를 귀하게 여긴 하느님의 뜻으로 정한 최초의 금제(禁制)였던 것이다.

그 말씀을 들은 아리 마을 사람, 아리랑 백성들은 아무도 천도선악과 나무에 가까이 하지 않았다. 그러던 어느 날, 하느님이 지으신 들짐승 중 가장 간교하고 교활하며 수다스런 악마 같은 사신(蛇身)이 나타났다. 그는 긴 혀를 나불거리면서 달낭에게 다가가 참 예쁘다고 칭찬하면서 말했다.

"천도선악과를 따 먹으면 지금보다 더 예뻐지고 하느님처럼 지혜롭게 된단다."

사신은 달콤한 말로 유혹했다. 그러나 달낭은 그 유혹에 넘어가지 않고 단번에 거절했다. 그 열매를 따 먹지 말라고 하신 하느님의 명령을 어길 수도 없었거니와 그 것을 먹으면 죽는다는 말을 들었기 때문에 두렵기도 했던 것이다.

그러나 한번 사신으로부터 유혹의 말을 들은 그녀는 자신도 모르는 사이에 천도선악과가 있는 곳으로 발을 옮기게 되었다. 보면 볼수록 열매는 더 탐스럽고 먹음직스러워 보였다. 달낭은 열매를 쳐다보면서 생각했다.

'저 과일을 먹으면 죽는다고 했는데 혹시 하느님처럼 현명해질까 봐 먹지 말라고 하신 게 아닐까? 어쩌면 사신의 말이 맞을지도 모르잖아.'

그러다가 문득 그녀는 자기의 남편 배랑이 지금보다 더 지혜롭고 큰 사람이 되어 하느님 아래에서 일하는 지도자가 되었으면 좋겠다는 마음이 생기기 시작했다. 그런 마음이 나날이 커지던 어느 날, 달낭은 남편 배랑과 같이 천도선악과 나무가 있는 정원으로 나갔다.

그런데 바로 그 때 교만하고 간사한 사신이 소리 없이 긴 꼬리를 살랑거리면서 나타났다.

"하느님이 이 선악과를 따 먹으면 죽는다고 했지? 하느님이 자기보다 현명해질까 봐 겁이 나서 따먹지 못하게 하는 거야"

이 말을 하면서 사신은 아무 거리낌 없이 선악과를 따 먹었다. 그런데 열매를 먹고서도 죽지 않고 멀쩡한 것이 아닌가? 그는 다시 말했다.

"내가 하느님 다음으로 지혜로운 것은 바로 이 선악과를 따 먹었기 때문이다."

달낭이는 그만 사신의 꼬임에 넘어가고 말았다. 그래서 선악과를 따서 자기도 먹고, 남편 배랑에게 주며 먹게 하였다. 그러자 갑자기 세상이 더 밝아지는 것 같고, 모든 것이 더 탐스러워 보였다. 게다가 죽지도 않았다고 기뻐하며 서로 쳐다보다가 갑자기 하느님이 따 먹지 말라고 하신 엄중한 말씀이 생각나서 몹시 두려워졌다. 그래서 그만 무화과 나무 숲 사이로 숨고 말았다. 그러나 하느님은 용하게 알고 찾아오셨다.

"배달 부부는 어디 있느냐? 어찌하여 숨어 있는 것이냐? 너희들이 선악과를 따 먹었구나. 그 요사스런 마귀같은 사신을 만났더냐? 그의 말은 듣지 말라고 하지 않았더냐?"

하느님은 배달 부부를 책망하며 불러 세워 말씀하셨다.

"너희들이 내 말을 듣지 않고 유혹의 악마인 사신의 말만 듣고 그 선악과를 따 먹었으니, 이제부터 너희들 마음속에는 내가 준 양심, 본래의 선한 아리랑 마음과 그 마음을 아프고 쓰리게 하는 사신의 교활하고 악한 쓰리랑 마음 두 마음이 함께 자리 잡게 되어 서로 다투게 되리라. 선한 아리랑 마음을 누르고, 교활하고 악한 쓰리랑 마음이 강해지면 욕심이 생기게 되고 그 욕심이 너희들을 몹시 힘들게 하리라."

이와 같이 말씀하셨다. 그때부터 배달 부부에게는 더 좋은 것을 더 많이 가지려는 마음이 자라나기 시작했다. 더 많은 과일과 더 넓은 땅을 차지하려는 욕심으로 다른 아리랑들을 미워하고 질투하게 되었으며 선한 아리랑들의 마음을 아프고 쓰리게 하는 교활한 쓰리랑 마음이 점점 커지게 되어다.

이 모든 과정을 다 알고 계시던 하느님은 더 이상 그대로 두었다가는 착하고 선량하고 온유한 양심의 아리랑 마음만 가지고 사는 순박한 아리랑 백성들에게, 욕심 사납고 교활하며 약삭빠르고 악한 쓰리랑 마음이 점점 오염되지 않을까 심히 염려가 되었다. 그래서 어쩔 수 없이 그들을 따로 떼어 놓기로 하였다. 하느님은 배달 부부를 불렀다.

"너희들은 하늘 나라를 다스리는 하늘나라의 법령을 어기고 그 교활한 사신의 말만 듣고 선악과를 따 먹었으니 이제 이 곳 하늘나라 아리마을에서는 더 이상 살 수가 없느니라. 하늘 아래 지상으로 내려가 살도록 하여라."

깜짝 놀란 배달 부부는 무릎을 꿇고 빌었다.

"하느님, 용서해 주소서. 쓰리랑 마음을 다 버리겠나이다."

"정말 그 교활한 욕심 덩어리를 버릴 수가 있겠느냐?"

"예. 꼭 버리겠나이다."

"그러면 아리 해로 한 해 말미를 줄 터이니 너희 마음 속에 숨어 도사리고 있는 그 교활한 쓰리랑 마음을 완전히 버리도록 하여라."

배달 부부는 감사한 마음으로 고개를 조아리며 꼭 하느님 말씀대로 하겠다고 다짐했다.

왜 아리랑 고개를 넘어야 하나

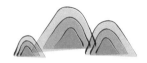

영생하는 하늘나라 아리에서의 1년은 우리 인간 세계에서의 100년에 해당하는 시간이었다. 배달 부부는 긴 세월을 지내며 그 욕심덩어리 교활한 쓰리랑 마음을 버리려 노력했다. 그러나 간사하고 악한 쓰리랑 마음은 시시때때로 되살아나면서 좀처럼 쉽게 버려지지 않았다.

그러던 어느 날, 간사스러운 동물 그 악마 사신을 다시 만나게 되었다. 부부는 사신에게 선악과를 따 먹은 죄로 천하지상(天下地上)으로 쫓겨나게 되었다며 자초지종을 이야기했다. 그러자 그 말을 들은 사신이 말했다.

"네 편을 더 많이 만들면 하느님도 어찌할 수 없게 될 것이다."

그 말을 들은 배달 부부는 그들과 가장 가깝게 지내던 한 아리랑 부부에게 선악과를 따 먹으면 현명해진다고 하면서 따 먹을 것을 권했다. 그러나 그들 부부는 거절했다. 왜냐하면 이미 배달 부부가 선악과를 따 먹은 죄로 하늘나라 아래 지상으로 쫓겨나게 되었다는 사실을 알고 있었기 때문이었다.

이 모든 사실을 알고 계시는 하느님께서 어느 날 배달 부부를 다시 불렀다. 하느님은 배달 부부와 그 가족들을 천하 지상으로 내려가게 하면서 다시 한번 간곡하게 당부했다.

"너희 마음속에 도사리고 있는 교활한 쓰리랑 마음을 빨리 버리고 아리랑의 본디 마음인 선한 아리랑 마음으로 되돌아 와야 하느니라. 그러나 그 욕심덩어리 쓰리랑 마음을 버리고 선한 아리랑 마음으로 되돌아 오는 길이 그리 쉽지는 않으리라, 아마도 오랜 시간이 걸리리라. 아무도 넘어 보지 못한 높고 위험하고 차디찬 바람이 부는 험준한 산고개를 넘는 것처럼 너무나 춥고 고통스러우며 무서운 고갯길이 되리라. 그 힘든 고갯길이 바로 '아리랑 고개'이니라."

근대 올림픽의 창시자 쿠베르탱은 육상경기 중에 장애물넘기 종목을 꼭 넣어야 한다고 강조한 바 있다. 그 이유로 장애물넘기 경기는 우리 인생과 같기 때문이라고 했다. 장애물넘기 경기와 같은 인생길에서의 아리랑 고개.

"고갯길이 아무리 힘들고 고통스러워도 반드시 그 아리랑 고개를 넘어야 쓰리랑 마음이 없어지고 아리랑 마음으로 되돌아 올 수 있느니라. 그리고 이곳 하늘나라 아리에서는 힘든 일을 하지 않아도, 먹지 않아도 배고프지 않고 영생할 수 있지만 천하지상에서 너희 후손들이 될 인간들은 먹지 않으면 배가 고프고 먹이를 얻기 위해 일을 해야 살아갈 수 있느니라."

"하느님 우리가 쓰리랑 마음을 버리고 아리랑 마음으로 되돌아오는 아리랑 고개를 모두 넘으면 다시 이 곳 아리 마을로 되돌아 올 수 있습니까?"

"너희 부부가 천하지상에 내려가 네 아들 환인(桓因)의 아들인 환웅(桓雄)이 그 지상에서 짝인 웅녀를 찾아 거기에서 아이가 태어나면 단군(檀君)으로서 인간의 삶이 시작될 것이다. 아리랑 배달 부부의 증손인 단군이 고조선의 시조가 되어 수많은 너희 후손들이 번창하여 배달민족의 큰 무리를 이루리라. 배달 부부가 선악과를 따 먹은 원죄로 인해 그 후손인 아리랑 배달민족이 대대로 지상에 사는 동안 여자는 임신하는 고통을 받을 것이고, 남자는 가족을 먹여 살려야 하는 수고를 해야 하느니라."

배달 부부는 슬픔에 눈물을 흘렸다.

"너희들은 점점 번창하여 더 큰 민족이 되어서 지상의 모든 민족, 모든 인간들을 이롭게 하는 홍익인간(弘益人間)이 되리라. 그리고 오랜 기간이 걸리겠지만 너희 후손 아리랑 배달민족 모두가 아리랑 고개를 넘고 아리랑 마음으로 되돌아 온다면 결국에는 지상의 모든 인간 사회에서 배달민족이 홍익인간이 되어 존중을 받게 되리라. 그러나 그 곳 지상에서는 천상의 아리에서처럼 영생할 수는 없고, 수명이 짧아 잠깐 동안 살다가 죽게 되느니라. 죽은 뒤에 너희를 심판하여 너희가 생전에 욕심을 버리고 고난의 고개를 넘어, 선한 아리랑 마음으로 돌아와 착하게 살았다면 그 영혼만은 이 곳 하늘나라 아리 마을에 돌아와서 영생하리라. 그러나 그 쓰리랑 마음을 버리지 못하고 온갖 욕심으로 악행을 부리며 살았다면 그것이 영혼의 흠이 될 것이다. 그래서 그 정도에 따라 차이는 있겠지만 악행을 저지른 영혼은 영원히 고통받는 지옥의 영생으로 돌아가리라."

사람은 누구나 다 죽는다. 그리고 죽는 데는 순서가 없다. 죽음을 미리 경험할 수도 없다. 빈손으로 태어나 빈손으로 돌아가는 공수래공수거(空手來空手去)의 삶인 것이다.

사람이 죽었을 때 '돌아가셨다'고 표현하는 것은 오직 우리 아리랑 배달민족밖에 없다. 우리는 아리랑 후손이니 아리랑 하느님의 뜻과 같이 아리랑 마음으로 돌아와 선량하게 살았다면, 누구나 아리랑의 본향인 아리 마을로 되돌아 영생한다는 것이 아니겠는가? '돌아가셨다'는 말은 본향으로 되돌아갔음을 의미하는 말이다.

그러므로 사랑하며 살아도 너무나 짧은 인생, 무거운 욕심과 못난 자존심을 버리고, 하느님을 가까이 하는 믿음 중심의 대인관계로 서로 사랑하고 용서하며 부드러운 아량으로 회개하고 선행하여 성부(聖父), 천주(天主), 황제(皇帝)이신 하느님의 심판을 위해 고심해야 하지 않겠는가.

하느님께서 다시 말씀을 이으셨다.

"사랑하는 배달 부부야! 한 가지 희망은 있느니라."

"하느님, 그게 무엇입니까? 부디 가르쳐 주소서."

"배달 부부야, 너희는 내가 사랑하는 하늘 나라 백성 아리랑이 아니더냐! 아리에 살던 아리랑의 후손인 아리랑 민족이라는 긍지를 잃지 말도록 하여라. 또한 절대로 하늘 나라의 백성 아리랑의 후손이라고 하여 교만하지 말고, 겸손하고 침착하고 착하게 살도록 하여라."

"예, 알겠습니다."

"너희들은 하늘 나라의 법을 어기고 교만하고 사악한 사신의 말만 듣고 선악과를 따 먹은 원죄가 얼마나 큰 죄인지 또한 그 죄로 인해 너희 후손인 배달민족이 대대손손 오랫동안 험난하고 고통스러운 벌을 받아야 했음을 알아야 할 것이다. 그 험한 인생의 고갯길이 바로 아리랑 고개이니라. 그래도 아리랑 마음으로 되돌아오는 그 험난한 고갯길을 반드시 넘어야 하느니라. 그것이 아리랑 배달민족의 숙명이고 나, 하느님의 뜻이니라."

고요한 아침의 나라 금수강산

하느님은 달낭과 배랑 부부에게 천하지상의 태백산으로 내려갈 것을 이르셨다.

"태백산 신당수 아래는 박달나무 숲을 중심으로 지상에서 가장 아름다운 곳, 봄엔 온갖 예쁜 꽃이 피고, 여름엔 온갖 나뭇잎으로 시원한 녹음이 짙고, 가을엔 예쁜 단풍이 들고, 겨울엔 하얀 눈이 내리는 춘하추동이 뚜렷한 곳이니라. 신선하고 고요한 아침의 나라이니 조선(朝鮮)이라 하고, 젖과 꿀이 흐르는 가장 비옥한 옥토인지라 금수강산으로 불릴 것이다."

"하느님, 감사합니다."

"그곳에 신시(神市)가 베풀어지고, 너희 후손 단군의 자손들이 점점 번성하여 배달민족의 나라 '단군 조선'이 세워지리라. 그리고 그 곳엔 온갖 곡식과 과일이 풍성하게 생산되고 온갖 동물들이 번성하리라. 모든 생산물들은 지상에서 가장 맛있는 먹거리가 되리라. 그런 까닭에 쓰리랑 마음이 강한 이웃 마을에서 자꾸만 탐을 낼 것이니 부디 잘 지키도록 하여라. 그 곳에서 아리랑 배달족을 더 크게 이루어 홍익인간이 되도록 노력하여라. 아리랑 고개를 빨리 넘어서, 교활한 쓰리랑 마음을 버리고 착한 아리랑 마음으로 하루빨리 되돌아와야 하느니라"

하느님은 아리랑 고개를 넘는 일이 너무나 고통스럽고 힘들겠지만 지상의 다른 어느 민족보다도 열 배나 더 빨리 달성해야 한다고 말씀하셨다.

"너희 부부가 갑절 배(倍) 자와 이룰 달(達) 자로 한자를 쓰게 되어 배달(倍達) 부부이고, 후손들이 배달민족인 것이 아니더냐? 다른 민족들의 10년을 1년으로 단축해야 하니, 빨리 빨리 서두르는 문화도 자연스럽게 형성되리라. 빨리 서두르면 실수하기 쉬울 테니 조심해서 서둘려야 하느니라. 또한 깨끗하고 순결한 마음을 갖도록 흰 옷을 입는 백의민족이 되어야 하고 예의가 바른 동방예의지국이 되어 항상 다른 민족의 본이 되는 홍익인간이 되도록 힘써야 하느니라."

이제 배달 부부는 천상의 아리 마을에서는 한 번도 겪어 보지 못한 힘들고 고통스러운 일을 천하지상에서 겪어야만 할 것이었다. 그들이 넘어야 할 아리랑 고개는 참으로 험난하고 힘든 일이 많을 터였다.

"다른 민족을 먼저 침략하지도 말아야 하고, 차디찬 엄동설한의 대한(大寒) 고개도 넘어야 하며 배고픈 춘궁기의 보릿고개도 넘어야 할 것이다. 쓰리랑 마음이 강한 무력 강대국들의 수많은 침략으로 고통스러운 전쟁을 치르면서 피난 고개를 넘고 또 넘어야 하는 기나긴 압박과 서러움의 세월이 흘러야만 하느니라."

온화하고 순박한 아리랑 마음으로 힘든 고개들을 넘어가야 하는 아리랑 배달민족인 아리랑들이 어떻게 그 교활하고 약삭빠르며 쓰리랑 마음이 너무도 강력한 무력 강대국 지도자들의 교만한 욕심을 꺾고 그들을 이길 수가 있겠는가. 그래서 그렇게 긴 세월이 지나가야만 하는 것이었다.

"사악하고 교활한 사신의 말만 듣고 너희들의 하느님인 내 말을 듣지 않은 죄가 얼마나 큰지 너희와 너희 후손들이 아리랑 고개를 넘으면서 깨닫고 또 깨닫게 될 것이다. 하루 빨리 잘못을 깨달아야 할 텐데 쓰리랑 마음이 강하여 빨리 깨닫지 못하는 어리석은 아리랑들이 너무도 많은 것 같아 참으로 슬프구나. 그러나 반드시 깨달아야 하고 또 깨닫게 될 것이니라."

하느님에 대한 두려움과 도덕심

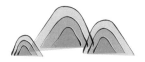

절대자인 하느님 앞에서 죄인 아닌 사람이 어디에 있겠는가? 옛날 모대기업 회장이 죽기 전에 절두산 성당의 모 신부님께 24가지 질문을 했는데, 30년이 지난 요즈음 유족들의 허락으로 공개되어 읽어 보았다.

그 문답 중에서 두 가지가 기억에 남았는데 그중 하나가 하나님이 지금도 살아 계신지, 그렇다면 어떻게 볼 수 있는가 하는 것이었다. 대답은 다음과 같았다.

"공기가 보이지 않아도 그 공기가 없으면 숨을 쉬지 못하니 공기가 있음을 알 수 있듯이, 하나님을 볼 수는 없어도 지금 우주만물을 운영하고 계시며, 우리와 함께 살아 계십니다. 대자연의 변화 속에서 특히 계절 따라 햇빛과 비를 내리시어 온갖 곡식들을 가꾸어 수확하게 해 주십니다. 철 따라 크고 작은 온갖 색깔과 모양의 아름다운 꽃들이 생육하고 피어나는 모습을 자세히 살펴보면 조물주이신 하나님이 살아 계심을 느낄 수 있습니다."

참으로 공감이 가는 답변이었다. 그래서 올 봄에는 자연에서 야생화들을 좀 더 자세히 살펴 보았다. 그러자 그동안 아름답다고만 느꼈던 꽃들 가운데 오묘하고 신비스러운 감동이 한층 깊이 느껴지는 것이 아닌가. 참으로 하느님께서 만물 가운데 살아계심을 확신하게 되었다.

등산을 좋아하는 사람들에게 산에 왜 오르는지 물어 보면 건강을 위하여, 나무와 꽃이 있으니까, 신선한 공기가 있으니까, 천하를 내려다볼 수 있으니까 등등 제각기 대답한다. 또 어떤 사람은 산에 오르면 하느님의 숨결을 느낄 수 있어서라고 대답하기도 한다.

하느님과 말없이 교감하니 내 마음이 순천(順天), 선량(善良), 후덕(厚德), 근면(勤勉), 건강(健康)해진다. 대자연의 아름다움을 느끼듯 허영과 욕심을 버리고 하느님의 포용력으로 사랑과 겸손과 배려를 배우게 되니 산에 오르게 된다.

두 번째 질문은 하나님은 독생자를 내어 주시면서 우리 인간을 극진히 사랑하신다고 하는데, 왜 우리 인간에게 죄와 벌을 주어 고통을 주느냐는 것이었다. 그 대답은 이러하다.

"하나님은 우리 인간에게 지극한 사랑과 무한한 자유만을 주셨을 뿐 죄와 벌을 절대로 주시지 않았습니다. 죄와 벌은 우리 인간이 자기 욕심으로 다른 인간에게 자기의 자유를 함부로 남용해서 생긴 자업자득의 업보이지 하나님이 주신 것이 절대로 아닙니다."

그 대답이 하느님의 뜻이고 진리인 듯 내 귀에 너무나 솔깃하게 다가오면서 분명 내게 주시는 교훈이라고 생각되었다. 그리고 평생 배워도 다 배울 수 없다는 무한한 진리의 보고라고 하는 성경에도 인간들이 함부로 남용하여 죄를 짓지 못하도록 하는 금제(禁制)의 십계명으로 강하게 계시하지 않았던가?

그러나 쓰리랑 마음이 너무나도 강력한 강대국 지도자들 간의 기나긴 땅따먹기 무력전쟁은 오랜 시간 계속되고 있다. 쓰리랑 마음이 유달리도 강한 독재자들이 태어나 하느님이 주신 선량한 인간들의 소중한 목숨을 초개처럼 쓸어버리는 참혹하고 너무나 잔인한 행위가 일어나는 것이다. 노예시장에서의 인신매매, 생체실험과 독가스학살 같은 만행을 저지르는가 하면 다이너마이트같은 무서운 폭탄을 발명하고 인류멸망을 독촉하는 핵무기마저 탄생했다.

이에 인간 스스로 두려움을 느끼며, 저렇게 짐승만도 못한 악행을 계속해서는 절대로 안되겠다는 죄책감이 생기게 되는 것이다. 하느님이 주신 양심 그리고 하느님에 대한 두려움과 불안감이 인간에 대한 자비와 동정심으로 연결되는 것이 아닐까? 인간에 대한 세심한 배려와 관심과정 같은 인륜적인 도덕심이 생기게 되는 것이다.

많은 민족의 지도자와 백성들이 아리랑 고개를 넘는 고통의 과정을 통해서 그 악한 쓰리랑 마음을 버리고 선량한 아리랑 마음으로 기울기 시작한다. 이렇게 세월이 흐르고 또 흘러, 쓰리랑 마음이 강한 지도자가 설 자리가 점점 좁아지게 되고, 더 많은 민족들이 선한 아리랑 마음을 가지게 될 때 아리랑 노래가 온 누리에 울려 퍼질 것이다.

선량한 아리랑들이 무력과 강압이 아닌, 아리랑의 마음으로 하느님의 뜻과 같은 정의롭고 정당한 룰에 의하여 세상을 주도적으로 이끌어 갈 때 「아리랑 지구촌 마을」이 이루어질 것이며 그때 비로소 지상에도 모든 아리랑이 갈망하고 염원하는 영원한 지상낙원이 올 수 있을 것이다.

하느님의 뜻이 하늘에서 이룬 것같이 땅에서도 이루어지느니라

　이와 같은 하느님의 뜻은 한 치의 어긋남도 없이 그대로 진행되고 있다. 그러니 우리 인간들은 이 짧은 인생을 하느님의 뜻과 소원대로 쓰리랑 마음을 버리는 아리랑 고개를 넘어야 할 것이다.

　하느님은 우리 모두가 아리랑 마음으로 돌아와 서로 사랑하며 정직하고 성실하게 살아가야 한다고 말씀하신다. 그래야만 죽은 뒤에 하느님의 심판으로 아리랑의 영혼이 되어 천상의 고향인 아리 마을에 올라가 아리랑으로 영생할 수 있다고 하셨다.

　그러나 안타깝게도 아직 쓰리랑 마음을 버리지 못하고 동물보다도 못한 삶을 영위하는 인간들이 너무도 많다. '오수의 개'는 술에 취한 주인을 산불로부터 살리기 위해 연못의 물을 온 몸의 털에 묻혀 와서 주위의 잔디를 적셔 주인을 살리다가 그만 지쳐서 죽었다.

　연어는 알을 낳을 때면 바다에서 수천 킬로미터를 거슬러 올라 고향인 민물로 돌아온다. 그 길고 긴 고난의 여정에 지친 꼬리로 멍이 들도록 용트림하여 잔 자갈로 알을 덮어 준다. 그렇게 종족보존의 모성애를 다하고 죽어가는 것이다.

　가물치는 모체가 만여 개의 알을 낳고 실명하여 먹이를 찾지 못하게 되면 먼저 나온 새끼들이 차례로 어미 입으로 들어가 어미의 먹이가 되어 죽는다고 한다. 그래서 어미가 다시 눈을 뜰 때가 되면 원래의 10분의 1밖에 남지 않는다고 한다. 그래서 학자들은 가물치를 효자 물고기로 부른다.

매미의 일생은 어떠한가? 매미는 어두운 땅 속에서 굼벵이로 7~8년을 살다가 번데기를 거쳐 우화하게 된다. 날개를 펴고 하늘을 날면서 짧게는 7일에서 길게는 한 달 동안 하느님이 그려 놓은 아름다운 대자연의 아름다움과 평화로움을 찬양하다가 번식을 위해 알을 낳고 죽어간다. 매미들과 마찬가지로 어쩌면 우리 인생도 하느님이 보시기에는 그렇게 짧을 것이다.

온갖 빛깔로 활짝 피어난 아름다운 꽃봉오리와 초록의 나뭇잎들, 줄기, 열매들을 본다. 또한 모양과 크기가 제각각인 온갖 동물들을 보라. 우주만상의 그 모든 대자연이 모두 전능하신 하느님의 창조와 섭리가 아니던가?

종교인이건 아니건 우주만물을 창조하시고 세상만상을 운영하시는 하느님을 부정하는 사람은 한 사람도 없지 않을까? 한때 과학자들은 모든 생물과 인간을 위한 자연현상과 사회현상을 설명하기 위해 세포의 번식과 진화, 원인과 결과로 형성 발전해 가는 현상을 진화론으로 귀결하려 했었다. 그러나 1970년도에 이르러 '복잡계이론'으로 전환하게 된 것은 무엇 때문이겠는가?

과학자들도 자연현상과 사회현상은 수많은 구성요소가 상호작용과 상호협동에 의해 집단적 패턴이 창발적으로 생성되고 물리학과 경제학을 연결하는 복잡성 등 마지막 블랙홀에서 하느님의 창조와 섭리는 과학이론으로는 도저히 풀 수 없다는 것을 인정한 것이 아니겠는가 ?

지금도 우주과학자들이 우주공간에서 지구와 달과 수많은 별들의 움직임을 관찰하면서 천지창조자 하느님의 위대함과 거룩함을 몸소 느끼고 있을 것이다. 우주인들이 지구로 돌아오면 누구나 다 하느님을 믿는 신봉자가 된다는 사실을 아는가?

아리랑 하느님은 우리 아리랑 배달민족이 아리랑 마음으로 하루빨리 돌아와 홍익인간이 되기를 간절히 바라고 있음을 우리 모두는 깨달아야 한다. 이 세상의 모든 사람들이 험난한 삶의 고개를 넘어 하늘의 본향으로 돌아가는 길은 참으로 어렵고 고통스러우며 긴 시간이 될 것이다. 그러나 반드시 아리랑 고개를 넘어 아리랑 마음으로 돌아와야 하는 것이 우리 아리랑 배달민족의 숙명이고 아리랑 하느님의 뜻이니라.

제二장

아리랑의 참뜻을

찾아서

제 2장 / 아리랑의 참뜻을 찾아서

아리랑 노래

우리 배달민족이 아리랑 고개를 다른 민족보다 먼저 넘어야 한다. 그
래서 우리 배달민족은 한 번도 다른 나라를 먼저 침략한 일이 없었고,
순결하고 깨끗한 마음을 간직하기 위해 흰옷을 입는 백의민족으로 살
았다.

항상 예의를 잊지 않는 동방예의지국이 되어 상부상조로 서로 사랑
해야 하고, 서로 다투지 말아야 하고 욕심을 너무 부리지 말아야 한다.
그런데 어찌하여 자꾸만 욕심만 부리는 쓰리랑 마음이 강한 임금님들이
계속 태어나 아리랑 마음을 가진 충신들의 말은 듣지 않고 쓰리랑 마
음으로 당파싸움과 권력다툼으로 사욕만 부리는가.

아부하는 간신들의 말만 듣고 나라를 다스리니 아리랑 마음을 가진 정객들은 애가 타서 저들도 아리랑 고개를 빨리 넘어와 선한 마음으로 불쌍한 백성들을 위해 나라를 다스려야 하는데, 또 한 세대가 이렇게 허무하게 지나가는구나!

세상에 살면서도 세상을 모르겠고 (居世不知世)
하늘 아래 살면서도 하늘 보기 어렵구나 (戴天難見天)
내 마음을 아는 것은 오직 백발 너 뿐인데 (知心唯白髮)
나를 따라 또 한 해 세월 넘는구나 (隨我又經年)

정 철

임금이 바뀌고 또 바뀌어도 쓰리랑 마음을 가진 왕과 정객들이 또 아리랑 고개를 넘지 못하니 많은 아리랑 마음의 정객들과 아리랑 마음의 백성들은 저 욕심 덩어리 왕과 정객들이 언제쯤이나 아리랑 고개를 넘어 올까 한숨 쉬게 된다. 아리랑 배달민족이 세상에서 가장 먼저 아리랑 고개를 넘어 선한 마음으로 돌아와야 한다고 하셨는데.

우리 민족의 조상의 근원인 배달 부부가 하늘나라 아리 마을에서 하느님의 백성인 아리랑으로 평온히 영생하다가 하느님의 법령을 어긴 죄로 말미암아 쓰리랑 마음이 생기게 되었고, 그 악한 마음을 완전히 버리면 용서해 주신다고 했다. 아리랑 마음으로 되돌아가려면 힘든 아리랑 고개를 넘어야 하니 그 때부터 배달부부가 간절한 마음을 노래로 만들어 부르기 시작한 것이다.

그래서 지상으로 내려오기 전부터 천상의 아리 마을에서 하느님께 용서를 받기 위해 아리랑 노래를 부르다가 지상으로 내려와 그 후손인 우리 배달민족이 하느님께 용서 받는 속죄를 위해 악한 마음을 버리고 아리랑 고개를 빨리 넘자는 간절한 염원을 담아 노래를 부르게 되었으니 그것이 바로 수천 년간 민족의 속죄애환으로 대대손손 전해 온 아리랑 노래이다.

아리랑 마음이 강한 정객과 백성들이 고달프고 힘든 불쌍한 백성들을 생각하며 기다리는 마음이 너무나 슬프고 애달파서 힘들고 어려울 때마다 이 고통스러운 아리랑 고개를 다 함께 빨리 넘고자 하는 그 간절한 마음을 쏟아 한과 애환이 담긴 노래 아리랑을 부르고 또 불러왔다.

아리랑 아리랑 아라리요.
아리랑 고개를 넘어간다
나를 버리고 가시는 임은
십 리도 못 가서 발병 난다.

아득한 옛날 배달민족의 조상 아리랑이 살던 천상의 고향 아리마을에서 아리랑 백성을 사랑으로 다스리시던 거룩하신 아리랑 하느님이 너무나 존경스럽고 너무나 그립고 너무나 보고싶어 부르고 또 부르던 노래인 것이다.

　아리랑 후손 배달민족이 홍익인간이 되어 경천애민(敬天愛民) 사상으로 쓰리랑 마음을 빨리 버리고 아리랑 고개를 넘어 아리랑 본 마음으로 빨리 되돌아 갈 테니 아리랑 하느님이시여! 제발 우리를 버리지 마소서, 라는 간절한 민족 애환을 담은 아리랑 노래. '나를 버리고'에서 '나'는 아리랑 배달민족을 뜻하며 '가시는 임'은 하느님이시다.

　이 아리랑 노래는 욕심 사나운 마음을 버리고 하늘나라의 본 마음으로 돌아가 영광스럽고 존경스럽고 그리운 아리랑 하느님께로 다가가는 아리랑 고개를 넘는 노래이기 때문에 누가 언제 어디서 듣거나 불러도 자연스럽고 애달프게 하느님을 그리워하는 마음이 솟구치는 세계인의 민요이다.

　아리랑 노래는 세계 어느 나라, 어느 민족이 불러도 그들의 민요처럼 다정하게 행복한 마음으로 아리랑 하느님을 그리워하며 부를 수 있는 노래이다. 우리 배달민족이 사악한 마음을 버리는 아리랑 고개를 넘어 아리랑 마음으로 빨리 되돌아 갈 테니 아리랑 하느님, 제발 우리 배달민족을 버리지 마시라는 간절한 속죄애환이 담긴 노래이다.

아리랑 고개를 빨리 넘으려

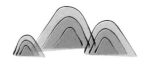

아리랑 고개를 빨리 넘으려 이렇게 애타는 사이에 하느님의 뜻을 알지 못하는 북쪽의 쓰리랑 마음이 강한 무력 강대국 지도자들이 생기어 그들이 무력으로 우리 아리랑 배달민족의 금수강산 옥토를 욕심 내어 마구 쳐내려 왔다.

순박한 우리 민족은 속절없이 항복하여 조공도 바치고, 수많은 포로들이 끌려가는 패전국으로서 쓰라린 피난 고개를 넘고 또 넘어야 했다. 이 모습을 보신 하느님도 너무나 가엾고 애달퍼서 그 북쪽 마을에 서둘러 공자(孔子)를 태어나게 하셨다. 그는 생(生)과 사(死)는 천명(天命)이니 인의(仁義)를 중시하여 인자한 마음으로 쓰리랑 마음을 버리는 아리랑 고개를 넘게 하려는 가르침으로 유교(儒敎)를 널리 전파한다. 그로 인해 아리랑 마음으로 돌아온 수많은 현자들이 생겨 났다.

그러나 교활한 쓰리랑 마음이 너무나도 강한 위정자들은 현자들의 말을 잘 듣지 않고 땅따먹기 욕심을 채우기 위한 수단으로만 그들의 지혜를 이용하려고 했다. 결국 현자들은 다 떠나고 쓰리랑 마음이 강한 위정자들만이 남아 그 오만함이 날로 더해갔다.

　이를 본 하느님은 아리랑 배달민족이 침략을 덜 받고, 아리랑 고개를 더 쉽고 빨리 넘게 하기 위한 방안을 강구하셨다. 세계 각처의 무력 강대국의 지도자들이 쓰리랑 마음을 버리고 아리랑 마음으로 돌아오게 하기 위해 남쪽 마을에도 석가모니를 태어나게 하여 연기(緣起)사상에 따라 자비심으로 이타행(利他行)을 실천하게 한 것이다.

　하늘의 본 마음을 되찾고자 하는 불교의 가르침이 널리 퍼지고 지금까지 이어 오면서 수많은 고승과 선각자들이 생겨났다. 아리랑 마음으로 돌아온 그들의 가르침으로 인해 선한 아리랑들이 무수히 쏟아져 나오게 되었다. 우리나라에도 불교가 널리 전파되어 방방곡곡에 절이 생기고 고승들의 가르침으로 수많은 선한 아리랑들이 계속 배출되고 있다.

　또한 하느님은 지상을 내려다 보시고, 인간세계에서 가장 고통을 많이 받는 이스라엘 민족을 선택하여 그 곳에 독생자 예수를 내려 보내 악한 쓰리랑 마음을 버리고 이웃을 사랑하는 믿음, 소망, 사랑의 가르침을 내려주셨다.

　고된 길이지만 아리랑 고개를 넘어 하늘의 마음으로 돌아오도록 하는 가르침으로 천주교와 기독교를 널리 포교하고 전파하여 선한 아리랑들을 가장 많이 배출하였으며 현재에도 그 가르침은 끊임없이 이어지고 있다.

　그 영향을 받은 서구의 여러 나라 지도자들이 수많은 전쟁 끝에 악한 마음을 버리고 선한 마음으로 나라를 다스리니 아리랑 마음을 가진 백성들이 가장 많아지고, 마음이 점점 넉넉해졌다. 그래서 백성들의 복지

생활로 행복지수가 높은 나라들이 세상에서 가장 많아졌다.

　우리나라에는 서구보다도 훨씬 뒤에 천주교와 기독교가 들어왔고 처음에는 쓰리랑 마음이 강한 위정자들의 박해를 받았으나, 오늘날에는 천주교 성당과 교회가 방방곡곡에 널리 설립되어 수많은 십자가 탑이 하늘 높이 밤 하늘에서 반짝이고 있어 수많은 목자들의 설교로 선한 아리랑 마음을 가진 자들이 무수히 배출되고 있다.

　하느님은 또 아랍 민족에서도 마호메트 예언자를 보내 아리랑 고개를 넘게 하고 있다. 세상은 점점 쓰리랑 마음을 버리고 아리랑 고개를 넘어 하늘의 본마음으로 돌아가는 선한 백성들이 많아지고 있다.

　그러나 세상에는 참으로 기이하게도 아직도 극소수이지만 쓰리랑 마음을 버리지 못하고 마음 속에 감추고 있는 목자와 승려들도 조금 남아 있는 듯하여 마음이 참으로 슬프고 괴롭다.

　자비와 사랑으로 짧은 생을 마치고 안락한 영생으로 인도해야 하는 그들의 언행이 잘못되면 영혼의 더 큰 짐이 되고 고통이 된다는 것을 모르지는 않을 텐데, 그들 또한 하느님 앞에서 더 큰 벌을 받는다는 것을 모르지는 않을 텐데 싶어 안타깝다.

　하느님의 뜻을 어기지 말고, 온 백성과 함께 한마음이 되어 아리랑 고개를 넘는데 앞장서서 적극 선도해야 하지 않겠는가? 인도의 간디 수상도 희생 없는 종교는 종교가 아니라고 말한 바 있다.

한글 창제와 세계문화유산

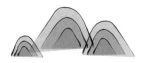

아리랑 하느님은 우리 배달민족이 아리랑 고개를 좀 더 빨리 넘게 하기 위하여 참으로 오랜만에 선한 아리랑 마음으로 가득 찬 세종 임금님을 왕으로 보내시어 백성을 위한 선정을 베풀게 하셨다.

백성들이 잘 살 수 있도록 풍년을 염원하는 마음으로 과학을 발전시켜 천문관측대, 측우기, 해시계, 물시계 등을 발명했으며 백성을 사랑하는 마음이 지극하였으니 그것이 곧 아리랑 마음이었다.

그때까지도 우리 아리랑 배달민족 마을에는 고유의 글자가 없어 배우기 어려운 중국 한자를 빌어 썼는데 무지한 백성들은 먹고 살기에 바빠 어려운 한자를 배울 기회조차 없었다.

세종대왕은 이러한 백성들을 너무나 가엾이 여겨 어떻게 하면 그들이 배우기 쉽고 쓰기 쉬운 글자를 만들어 줄 수 있을지 고심한다. 그렇게 온 백성을 사랑하는 마음으로 우리 한글인 훈민정음(訓民正音)을 처음으로 만들었다. 아리랑 마음으로 가득찬 세종대왕의 마음이 느껴진다.

그 당시에는 사대주의 사상이 강했고 또한 유교사상이 짙어서 성리

학을 숭상하는 학자들이 많았다. 그들 가운데 최만리 학자는 우리 글자를 만드는 것을 극구 반대하였다. 한자를 제외한 글자는 모두 중화 질서를 거스르는 이단으로, 수치스럽고 유치한 글자라고 하여 크게 관심이 없었던 것이다.

한글 창제의 명을 받은 학자들 가운데에도 어명이라 마지 못해 따르는 사람들도 있었을지 모른다. 만일 그랬다면 창의력이 최대한 발휘되었을 리 없다. 그래도 가엾은 백성을 사랑하는 아리랑 마음으로 가득한 세종대왕께서는 우리 글을 만들기 위해 손수 생각해서 만들어 써 보고, 소리내어 읽어보게 하셨다. 눈병으로 날마다 시달리면서도 밤 새워 만들고 또 고치고 완성한 글자를 집현전 일부 학자들에게 보이고 자문을 얻었을 것이다.

몇몇 학자들이 중국의 음운학자인 황 찬을 여러 번 찾아갔다고 한다. 이 또한 어명으로 갔을 것이다. 황 찬의 도움을 받았다고는 하지만 그 또한 자국의 한자가 최고라고 생각했을 터, 한글 만드는 것을 썩 달갑게 여기지 않았을 것이다. 결국 세종대왕의 애민정신과 의지가 없었다면 한글 창제는 힘들었을 일이다.

만백성을 위한 거룩한 마음으로 만들어진 훈민정음이 반포된 후에도 그 우수함을 보지 못하고 사대주의 사상에 젖고 쓰리랑 마음에 찌든 정객과 양반들은 천하다고 하여 한글 배우기를 부끄럽게 생각했다. 그래서 서민과 하인들만 배우는 상스러운 글자라는 뜻에서 언문(諺文)으로 전락하고 만다.

언문으로 불리던 훈민정음은 수백 년이 지난 뒤, 그 우수성을 깨달은

주시경 학자에 의해 위대하고 큰 글, 한민족의 글이란 뜻의 '한글' 로 바뀌게 된다.

오늘날 세상에는 8천여 민족이 있고, 2천 5백여 개의 언어가 있으며 40여 종의 글자가 있다고 추정하고 있다. 없어진 문자를 뺀다면 현재 남은 문자는 12개 정도 밖에 되지 않는다고 한다.

영국, 미국, 호주, 뉴질랜드, 캐나다, 아일랜드, 싱가포르, 남아프리카 공화국, 케냐, 필리핀 등은 같은 영어권에서는 로마자 알파벳 글자를 쓴다. 그리스, 독일, 프랑스, 스웨덴, 덴마크, 노르웨이, 스페인, 러시아 등 유럽의 각 나라와 멕시코, 베트남 등도 말은 다르지만 문자는 역시 로마자 알파벳을 사용한다. 그리고 중국의 한자, 일본의 가나, 아랍 민족들이 쓰는 아랍문자와 함께 당당하게 우리의 한글이 있다. 그 외에 도 더 많은 문자가 있을 수 있지만 그리 알려져 있지는 않다.

글자 수로 본다면 우리 한글은 24자요, 영어의 로마 알파벳은 26자, 일본 글자인 가나는 51자, 중국 한자는 3만 자가 넘는다. 중국 한자가 만들어지는데 5,000여 년이 걸렸는데 지금도 만들어지는 중이다. 일본 의 가나는 중국 한자의 획을 본 따 만든 모방 문자이다.

영어의 알파벳은 3,000년쯤 걸려 만들어졌다는데, 그중에 가장 자랑 하는 것이 바로 모음 5개다. 그 5개의 모음을 생각해 내는 데 그렇게 오랜 세월이 걸렸다고 한다. A라는 모음 하나를 찾아냄으로써 ba, ca, da, fa 등 많은 합성음을 만들 수 있게 되었기 때문이다.

그래서일까? A를 알파벳의 제일 앞머리에 세워 놓고 자랑을 하고 있 다. 우리글인 한글은 약 30년 만에 만들어졌다. 한글은 모음이 무려 10

개나 된다. 그래서 합성음을 자유자재로 얼마든지 만들 수 있다.

또한 한글은 하늘, 땅, 사람을 기본으로 하고 우리 몸 속 목구멍의 발음기관과 완벽한 연관성이 있어 지극히 과학적인 소리글자이다. 한 글은 11,000여 개의 소리를 표현할 수 있는데, 영어는 8,000여 개, 중 국 한자는 400여 개, 일본 가나는 300여 개 밖에 표현할 수가 없다고 한다. 비교적 영어 원어 발음에 가까운 '맥도널드'를 중국은 '마이딩로 우', 일본은 '마쿠도나르도'라고밖에 표현하지 못하는 것이다.

한글 창제 후 오백 년이 지난 오늘날 세계의 언어 학자들은 한글을 가장 으뜸가는 글자로 극찬하고 있다. 세계문화유산으로 선정된 한글 은 노벨상 100개에 해당하는 세계적인 문화재라고 할 수 있다. 한글은 특히 오늘날 멀티미디어 통신시대에 컴퓨터와 스마트폰으로 문자를 기 록, 전송, 저장하고 소리를 문자로 전환, 활용하기에 가장 쉽고 빠르며 적합한 글자다.

하늘, 땅, 인간을 본으로 해서 만든 한글, 배우기 쉽고 쓰기 쉬운 우 리의 한글이 언젠가는 반드시 세계 모든 인류가 공용하는 문자가 될 것이다. 그래서 세계 모든 나라들이 아리랑 마음으로 아리랑 지구촌을 이룰 때 영원한 세계 평화가 오리라. 그것이 아리랑 배달민족의 숙명이 고 아리랑 하느님의 뜻이다.

환향녀와 호래자식의 유래

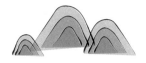

하느님의 뜻을 알지 못하는 북쪽 쓰리랑 마음이 강한 무력강국의 지도자가 세상을 너무나 불안하게 하고 있었다. 북쪽 쓰리랑 마음이 강한 무력 강대국이 또 다시 배달민족 아리랑 마을에 침략해 내려 왔다. 병자호란이다.

전쟁에 지고 젊은 아낙네들이 여종으로 수십만 명이나 강제로 끌려가는 수모를 당했다. 그래도 나라 안에서 아리랑 마음이 강한 선한 자들이 많은 환속금을 주고 천여 명이나 되찾아 왔으나, 환향녀(還鄕女)라 불리며 백성들에게 멸시를 당했다.

나라에서는 홍제천 물에 몸을 씻게 하고, 멸시금지령(蔑視禁止令)을 내려 위로하였으나, 그들의 자식들은 호래자식(胡來子息)이라는 말을 들으며 외롭고 힘든 수모 고개를 넘어야 했다. 그래서 오늘날에도 아비 없이 홀어미가 키운 버릇없는 아이들을 보고 호래자식이라고 부른다.

이순신 장군과 임진왜란

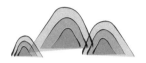

옛날 바다 건너 섬마을 곳곳의 쓰리랑 마음이 강한 맹주들이 무사들을 앞세워 땅따먹기 전쟁에 몰두하다가 오랜 내전 끝에 한 맹주가 전국을 통일하고 보니 남자들이 너무나 많이 죽어 후손 백성이 줄어들게 되었다.

그래서 전국을 통일한 맹주가 천왕이 되어 왕명으로 애국출산장려책을 발표했다. 모든 여자들은 통치마 옷(기모노)을 입고 등에 등받이를 하고 다니면서 언제 어디서나 남자를 만나 서로 눈이 맞고 사랑을 요구하면 응하도록 하는 일부다처 다산제를 선택했다. 그래서 아비를 모르는 아이 성으로 다개다(竹田), 마쓰시다(松下) 등 수많은 성씨가 무수히 생겨났다.

그렇게 나라를 통일한 그들의 지도자는 교활한 마음이 너무나 강했다. 그들의 욕심은 끝이 없어 이제 나라 밖으로 눈을 돌리게 되었으며 우리 배달민족 아리랑 마을에 조총이라는 신무기를 들고 무력으로 침략해 왔다. 그렇게 임진왜란이 일어났던 것이다.

우리 왕은 북쪽으로 피난하고 애국의병들은 곳곳에서 죽기살기로 항전했으나 강산은 불바다가 되었다. 이순신 장군만이 남해에서 거북선으로 의롭게 항전하여 세계해전 사상 유례가 없는 23전 23승의 기록을 남겼다.

모든 군인과 백성들이 이순신 장군을 따르고 숭배하니 쓰리랑 마음이 강한 간신 정객들이 자기 당파가 아닌 이 장군을 왕권에 흠을 주는 역적으로 모함하여 감옥에 가두고 말았다.

그러나 전쟁이 너무나 불리하여 다시 복귀시켰으나 군함(거북선과 판옥선)이 겨우 12척밖에 남지 않았다. 왜적 군함은 130척이 넘는데, 겨우 12척의 군함으로 승전할 수 있었던 요인은 과연 무엇이었을까?

거북선과 지형지물을 최대한 응용한 장군의 지략적인 전술도 뛰어났지만, 그보다 더 큰 힘은 일심(一心), 즉 민관병(民官兵)의 일심이었다고 한다. 해이해지고 흩어진 군율을 바로잡고, 해전에 요긴한 장인과 인재를 발굴해서 등용하는 등 민관병의 마음을 오직 백성을 사랑하는 애국과 승전의 일심으로 단결 화합하는데 성공했기 때문이다. 그 힘이 승전의 기적을 이룬 것이다.

그런데 그 민관병이 일심으로 단결 화합할 수 있었던 힘은 무엇에서 비롯되었을까? 그것은 장군이 참으로 훌륭한 사람이었기 때문이다. 그래서 민관병이 모두 존경하고 따랐기 때문에 일심으로 단결화합이 가능했던 것이다.

심지어 아낙네들까지도 군인들을 위로하고 민관이 협동하는 모습을 보여 주었다. 마음을 하나로 모으는 일심의 위력이 얼마나 큰가를 보여

준 역사적인 교훈이다. 우리 아리랑 배달민족이 대대로 이어받아야 할 최고의 교훈이다.

마지막 승전으로 왜병들은 패망하고 허겁지겁 도망가듯 물러났으나 장군은 전사하고 말았다. 살아 봐야 간신들의 모함으로 인해 역적으로 몰려 비참한 일을 당할 것을 알았기 때문이 아닐까 싶다.

재벌은 훌륭하다고 하기보다 그냥 여유 있는 부자이니 사람들이 그저 부러워하는 것이다. 훌륭하다는 말은 마음이 흡족하도록 아름답고 위대하다는 뜻으로 훌륭한 사람은 권리남용과 이익추구, 명예와 같은 모든 내 욕심을 버리고 오직 나라와 백성을 위해 나의 모든 지식과 지혜와 힘과 마음을 다해 헌신하는 사람을 말한다. 사람들이 존경과 칭찬으로 받들어 모시고 따를 수 있는 사람인 것이다.

압박과 설움 고개

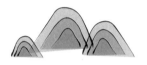

    그러나 그 후에도 쓰리랑 마음이 강한 섬마을 지도자는 서양 무기를 빨리 받아들여 강한 무력 강대국이 되었다. 그들은 또 다시 우리 땅을 욕심 내어 군대를 우리 아리랑 마을에 강제 입성시키고 주둔하였다.

    청나라가 이를 막으니 청일전쟁이 일어났고, 아관파천으로 러시아가 우리 나라를 도우려고 하니 러일전쟁이 일어났다. 두 전쟁에서 승리한 일본은 더 큰 무력 강국이 되어 의기양양하게 한일합방을 요구했다.

    이같은 일본의 만행을 만방에 호소하고 도움을 얻기 위해 이 준 애국열사는 고종황제의 밀서를 가슴에 품고 머나먼 네덜란드로 떠난다. 그는 헤이그 만국평화회의에 참가하여 우리 민족의 뜻을 호소하려 했으나 일본의 방해로 입장도 못하고 그 자리에서 자살함으로써 그 뜻을 만천하에 알렸다.

    고종황제는 일본의 만행으로 독살 당하지 않으려고 믿을 만한 선교사가 보내 주는 통조림만 먹다가 식혜 한 사발 때문에 돌아가셨다고 한다. 이것은 독살이 아니겠는가? 그들의 만행은 더욱 강력해져서 자객들이 우리 궁궐에 몰래 잠입하여 국모를 살해하고 화장했으며 강압적으로 합방하여 아리랑 마을을 저들의 속국으로 만들어 압박하고 약탈했다. 우리 민족성을 말살하기 위해 백의민족의 상징인 흰 옷도 못 입게 하고, 학생들로 하여금 우리말도 하지 못하게 했으며 성씨까지 일본식으로 강제로 개명시켰던 것이다.

젊은이들이여, 혹시 할아버지의 일본 성씨를 알고 있는가? 그리고 '에네켄'이라는 말을 들어 보았는가? 그것은 멕시코에서 실을 뽑기 위해 기르는 용설란이라는 이름의 가시 달린 큰 난초를 말한다. 그들은 우리 동포들을 미국의 하와이 사탕수수 농부로, 멕시코의 에네켄을 기르는 일꾼으로 수출했다. 멕시코로 팔려가 그 곳에서 용설란을 기르는 우리 동포들을 에네켄이라고 부른다. 지금도 그 후손들이 미국, 멕시코, 쿠바 등지에서 살고 있다.

쓰리랑 마음이 강한 그들의 지나친 욕심은 끝이 없어 세계를 지배하려는 더 큰 욕심으로 선전포고도 없이 미국의 진주만을 폭격하여 제 2차세계대전, 일명 태평양전쟁을 일으켰다. 그들의 전쟁터에 우리의 젊은 이들이 총알받이로, 노리개로 끌려가는 압박과 설움의 고개를 넘고 또 넘어야 했다.

'가미가재 독고다이'라는 말을 들어 보았는가? 17~23세의 중학생들에게 비행기 훈련을 시켜 미 항공모함에 폭탄처럼 돌격하여 전사하는 부대이다. 그러나 히로시마 원폭으로 마침내 일왕이 항복하고, 쓰리랑 마음이 강한 무력 강대국들의 기나긴 땅따먹기 전쟁은 끝이 났다.

남북전쟁과 피난고개

　아리랑 마을에도 세계대전이 끝나고 그 덕택으로 일정(日政)에서 해방은 되었으나 쓰리랑 마음이 강한 강대국들의 흥정에 따라 배달민족 마을은 38선을 기준으로 해서 남북으로 두 동강이 났다.

　쓰리랑 마음이 강한 북쪽의 무력 강대국 소련이 아리랑 마을 전체를 자기 편으로 만들기 위해 전쟁을 부추겨 그들의 하수인 김일성은 강력한 무력을 지원받아 탱크를 앞세워 일요일 새벽 4시에 38선을 넘어 남쪽으로 쳐내려왔다.

　우리 민족은 형제 간에도 총부리를 맞대고 죽기살기로 싸우는 6. 25 동족상쟁의 쓰라린 전쟁잿더미 피난고개도 넘어야 했다. 그래도 다행히 초대 L 대통령의 한미방위동맹협약 체결로 미국을 비롯해서 자유우방 16개국의 연합군(UN군)의 도움을 받게 되었다.

　압록강까지 진격해 통일이 될 무렵 갑자기 중공군이 인해전술로 개입하여 통일을 이루지 못하고 긴 휴전 상태가 되었다. 아리랑 마음과 쓰리랑 마음이 강한 자들의 이익 상충으로 인해 아직도 우리 배달민족은 통일을 이루지 못하고 있다.

세계에서 유일하게 오직 우리 아리랑 마을만이 분단국가로 남아 있다. 그리고 우리 남쪽마을에서도 아직 자유민주주의 통일로 가는 한마음이 되지 못하고 남남갈등으로 분열되어 서로 자기 주장만 내세우고 있다.

지난날 한동안 세상은 북쪽의 강력한 공산당 정권이 다스리는 공산주의 나라들과 서방의 시장경제자유민주주의 나라들로 나뉘어 살벌한 동서냉전시대를 보내야 했다. 그러나 스스로 오류를 발견한 공산주의 종주국인 소련연방이 해체되고 그 중심 국가인 러시아도 시장경제 국제개방 자유민주주의로 전환되었다.

중국에서도 등소평이 "흰 고양이든 검은 고양이든 쥐를 많이 잡는 고양이가 최고"라고 했듯이 공산당이 지배는 하나 경제는 시장경제로 개방되어 시장자본주의사회로 전환되고 있다.

그러나 오직 배달민족 아리랑의 북쪽 마을만은 아직도 공산당 단독정권의 지도자가 삼대에 걸쳐 주권세습제로 나라를 다스리는, 세상에 하나밖에 없는 독재 공산주의 국가로 남아 있다. 국제사회에 경제적으로 개방을 하지 않고, 강력한 핵무기로 무력강국이 되어 홀로 버티고 있는 것이다.

백성들의 생활 향상을 위한 산업발전과 수출증대보다 강력한 무력개발로 적화통일에만 지상목표를 두고 추진해 왔기 때문에 아리랑 북쪽 마을 일반 인민들의 생활은 날로 어려워지고 있다.

북쪽 아리랑 마을의 지도자여! 같은 아리랑 배달민족의 후손답게 경천애민사상으로 북한의 모든 아리랑 인민들을 사랑하는 마음으로 돌아오길 바란다. 또 다시 무력전쟁으로 동족인 아리랑 배달민족의 남쪽 형제들을 해치는 적화통일을 위한 쓰리랑 마음을 버려야 한다.

아리랑 고개를 넘어, 아리랑 마음으로 빨리 되돌아와서 전쟁을 위한 핵무기는 가만히 내려 놓고 서로 신뢰할 수 있는 정의로운 룰에 의하여 서로가 아리랑 마음으로 당국 간에 서로 협의하고 협력하여 산업발전에 같이 힘쓴다면 우리 배달민족은 하느님이 보호하사 세상에서 가장 부강하고 가장 살기 좋은 마을이 되리라고 본다.

북쪽 마을 아리랑 배달민족의 지도자여! 쓰리랑 마음을 버리는 아리랑 고개를 넘어 선한 하늘의 본마음으로 돌아오라! 그것이 아리랑 배달민족의 숙명이고 아리랑 하느님의 뜻이니라.

제三장

아리랑 고개를

넘자

제 3장 / 아리랑 고개를 넘자

강대국의 지도자들이여, 아리랑 고개를 넘자

　수많은 격동과 냉전의 기나긴 세월을 보낸 오늘날의 국제사회는 하나의 경제시장으로, 하나의 매스컴 일일통신권으로, 하나의 문화생활권으로, 하나의 글로벌 지구촌이 되어 세상의 모든 나라 사람들이 안방에서 매스컴을 통해 세상사를 모두 듣고 보고 있지 않은가!

　아무리 강대국이라고 해도 국제사회를 떠나서는 홀로 잘 살 수 없지 않겠는가? 왜냐하면 내 나라 국민의 안전과 복지를 위해서는 산업발전과 국제무역이 왕성해야 하고 그것은 국제사회의 상호협력이 없으면 절대 불가하기 때문이다.

　지상의 많은 강대국 지도자들도 이제는 욕심 많고 악한 마음을 버리는 아리랑 고개를 넘어 선한 본마음으로 돌아오고 있다. 얼마나 다행스러운 일인가! 쓰리랑 마음을 가지고 무력전쟁으로 땅따먹기하던 시대는 이제 과거로 지나가지 않았는가?

이러한 국제적인 추세에도 불구하고, 아직도 남의 나라 땅에 욕심을 내는 사악한 마음을 가진 무력강대국의 지도자가 있다면, 그는 시대에 뒤처진 지도자일 것이다. 아마도 그들의 마을은 하느님의 진노를 사 온갖 재앙으로, 그 옛날 천재지변 시에 태평양 한가운데서 사라진 뮤 대륙처럼 흔적도 없이 사라질 수도 있지 않을까, 참으로 두렵다.

수천 년 전, 태평양 한가운데에 태양열을 동력화해서 사용했다는 고도의 문명 사회 뮤 대륙이 있었다는데, 어쩌면 그들의 지도자가 교만하여 쓰리랑 마음으로 욕심을 부리다가 하느님의 진노를 사서 천재지변의 재앙을 당했던 것이 아닐까?

그 크나큰 뮤 대륙이 흔적도 없이 사라지고, 하늘의 본마음을 지키고 있던 유민들만 간신히 살아 남아서 안데스 산맥으로 올라가 마추픽추 잉카문명을 이룩한 것이 아니겠는가 추측해 본다. 유적지 높은 곳에 하느님께 제사를 올리는 천제단이 있는 것을 보면 정말 그런지도 모른다.

히로시마 원폭의 수십 배가 넘는 핵 발전소가 현재 세계 각국에 사백여 개가 넘고, 건설 중인 것이 칠십여 개, 계획 중인 것이 삼백여 개나 있다고 한다. 핵잠수함에 탑재되어 있는 핵무기와 수많은 핵폭탄(2016년 기준 총 15,700개), 지진과 화산 폭발, 해일과 폭풍우로 인한 재앙 등 수많은 천재지변의 불씨가 세계 도처에 도사리고 있는데 하느님의 진노를 예측할 수가 없지 않은가?

무력 강대국의 지도자들이여! 하느님의 진노가 두렵지 않은가? 오늘날 인류가 바라는 평화롭고 안전한 국제사회를 위한 미래를 준비하는 '노아의 방주'란 다름 아닌 세계의 모든 자유민주주의 국가들이 하느님의 뜻에 따라 경천애민 사상으로 연합하여 합심 협력하는 아리랑 마음의 글로벌 아리랑 지구촌을 만드는 것이다.

아직도 사악한 마음을 버리지 못한 채 무력과 협박으로써 패권 다툼만 한다면 전쟁은 쉽게 끝나지 않을 것이며, 백성들은 죽어나가고 나라는 멸망으로 갈 것이다. 국제무역을 통한 경제부강과 백성들의 복지 및 행복이 절대로 오지 않을 것이며, 인류의 평화와 자유도 먼 이야기가 될 것이다. 무력과 협박으로써 패권다툼만 한다면 지상의 낙원이 절대로 이루어지지 못함을 왜 깨닫지 못하는가?

내 나라 내 국민들의 복지와 행복을 원하지 않고 불행을 원하는 것인가? 나라를 다스리는 지도자 한 사람의 잘못된 결정이 내 나라 내 민족의 장래의 흥망을 좌우하는 중차대한 역사를 이루는 주역이라는 것을 잊지 말아야 한다.

어느 천주교 신자가 신부님께 고해성사하며 말했다.

"죽이고 싶을 만큼 원한이 있는데, 어떻게 할까요?"

신부의 대답은 다음과 같았다

"죽이고 싶은 원한은 이미 지난 날의 일이오. 지금 원수를 갚고 죄 지어 후회하는 것이 나은지 아니면 용서하고 사랑으로 미래를 찾는 것이 나은지, 당신이 선택하여 행하시오."

이 선택이 오늘날 강대국의 지도자들이 선택하고 실천해야 할 중차대한 책임이고 임무이다. 세계평화는 그대들의 현명한 판단과 실천이 최대 변수란 것을 잊지 말라.

세계평화는 언제 올 것인가? 아리랑들이 아리랑 마음으로 세계만방에 홍익인간이 되어 소임을 다하고 모든 세계인들, 특히 지도자들이 아리랑을 진정으로 존경할 때에 세계평화가 올 것이다.

강력한 무력강대국의 지도자들이여! 하느님은 잘못을 깊이 반성하고 선행하면 용서해 주신다. 600만 명의 유태인을 학살한 역사를 가지고 있는 독일도 진심으로 속죄하고 최선을 다해 피해자들에게 배상한 결과 지금은 세계가 인정하는 강대국으로 발전하지 않았는가? 앞날의 세계평화를 위해 욕심 많고 악한 마음을 버리는 아리랑 고개를 넘어 하늘 본연의 마음을 갖는 아리랑으로 돌아오라! 그것이 오늘날 세계 지도자들의 숙명이고, 하느님의 강력한 뜻이자 명령이다.

젊은이들이여, 아리랑 고개를 넘자

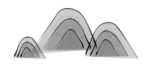

아직도 마음 속에 쓰리랑 마음이 남아 있다면 빨리 빨리 버리고 아리랑 고개를 넘어 아리랑 마음으로 돌아와야 한다. 역사는 과거와 현재를 잇는 인과(因果)이며 미래를 찾는 희망이라고 본다.

보릿고개도, 식민지의 압박과 설움고개도, 동족상쟁의 참혹한 잿더미 피난고개도 직접 겪어 보지 못하고 꿀꿀이죽도 먹어 보지 못한 젊은이들이 아리랑 고개의 참뜻을 어떻게 알겠는가? 이제라도 아리랑 고개의 참뜻을 알았으면 서둘러 아리랑 배달민족의 숙명인 아리랑 고개를 하루빨리 넘어야 하지 않겠는가?

배달민족 아리랑 마을의 젊은이들이여! 아리랑 배달민족의 역사를 눈과 머리로만 읽지 말고 마음과 가슴으로 읽어 좀 더 정확히 알아보고 지혜롭고 선한 마음으로 나라와 국민을 사랑하자!

아직은 비록 반쪽의 아리랑 배달민족 마을이지만 사천삼백 년의 기나긴 역사를 통해서 우리 대한민국이 오늘날처럼 이렇게 많은 수출을 하고, 발전된 문화시설을 가진 적이 있었던가. 이렇게 많은 권리와 자유

그리고 복지를 누리며, 오늘날처럼 이렇게 많은 GDP를 가졌던 적도, G20의 세계적인 지위를 가졌던 적이 있었던가.

오늘날처럼 이렇게 우리 국민들이 UN 사무총장으로, 세계은행총재로, 국제재판소 재판관으로 국제사회에서 당당하게 활동하며 의견을 주장한 적이 일찍이 없었다. 수많은 우리의 젊은이들이 홍익인간이 되어 당당하게 세계 각처에서 아리랑 마음을 가지고 전도활동으로, 비즈니스로, 봉사활동으로, 유학으로, 예술활동으로, 수학여행으로, 관광으로, 이민생활로 해외 각 나라에서 활동해 본 적이 과거 한 번이라도 있었는가?

오늘날 급속도로 발전한 대한민국을 부러워하고 배우려 하는 후진국들이 얼마나 많으며, KOREA를 모르는 나라가 어디에 있겠는가? 얼마나 자랑스러운 우리 아리랑 배달민족 대한민국인가?

이것은 분명히 우리 아리랑 배달민족이 홍익인간이 되어 전 세계인을 널리 이롭게 하라는 하느님의 뜻으로 설계된 계획이 한 치의 빈틈도 없이 진행되고 있다는 반증이 아니겠는가?

이렇게 짧은 기간에 하느님의 도우심으로 세계 경제강국으로 일어섰지만, 그것은 수많은 아리랑들이 어려운 아리랑 고개를 넘고 또 넘어서 이루어진 것이다. 그들이 과연 누구라고 생각되는가?

잘 생각해 보고 그 분들에 대해 감사한 마음으로 더 발전해 나가야 할 것이다. 아직도 아리랑 북쪽 마을의 젊은이들은 이러한 자유가 없다는 것을 알고 있지 않은가? 우리도 그동안 먹고 살기에 바빴고, 전쟁 속에서 목숨을 지키느라 또 잿더미에서 산업부흥을 일으키느라 해외

여행 한번 꿈꾸지 못했었다. 세계의 다른 나라 사람들도 아리랑 배달민족 마을이 어디에 붙어 있는지 알지 못했다.

아리랑 배달민족의 후손인 우리 대한민국의 젊은이들이여! 어리석은 마음을 버리고 아리랑 고개를 빨리 넘어 선하고 지혜로운 마음으로 돌아와 우리 배달민족의 홍익인간이 되어 사랑으로 봉사하고 배려하고 협력하는 대한민국의 아리랑이 되어야 하지 않겠는가?

마음 속에 도사리고 앉아 있는 쓰리랑 마음도 버리지 못하면서 어떻게 나라와 백성을 위한다고 말할 수 있겠는가? 나라의 질서가 없으면 권리도, 자유와 복지도, 행복도 누릴 수 없다는 사실을 왜 알지 못하고 천길 만길 벼랑 끝에서 철없는 아이들처럼 쓰리랑 마음의 지나친 욕심을 부리는 행동으로 아리랑 백성들의 마음을 이렇게 불안하고 슬프게 하고 있는가?

6.25 전쟁의 피난고개를 넘고, 보릿고개를 넘던 그때가 바로 어제가 아니었던가? 경제부흥과 민주화가 동시에 급속히 발전한 아리랑 마을을 저소득 이웃 마을들이 배우고자 찾아 오는 것을 알고 있지 않은가? 쓰리랑 마음을 빨리 버리고, 아리랑 고개를 넘어 아리랑 마음으로 빨리 돌아오라.

다른 민족의 10년을 1년으로 단축해야 하는 빨리 빨리 아리랑 배달민족의 숙명으로 인해 이제는 우리 대한민국을 지키기 위해 좀 더 강한 힘이 필요했고 공업화와 경제적 부강을 이루는 것이 필요했다.

자원도 기술도 자본도 없는 무에서 유를 창출한 산업화의 기적을 이룩할 때 그대들과 선배들은 무엇으로 어떻게 도움을 주었던가? 그래도 그때 그런 산업화가 있었기 때문에 지금 이만치 발전되어 잘 살고 있다고 생각되지 않는가? 산업화 역군들의 피나는 노고에 보답하는 마음으로 빨리 빨리 이 험난한 고개를 넘자!

그들은 노후대책도 없이 힘없는 노인들이 되어 아침마다 폐품수집으로 연명하면서도 나라를 위해 애쓰는 젊은이들 걱정으로 마음 아파하고 있다. 어찌하여 옛날이나 지금이나 변함없이 백성들이 정객들의 다툼만 보며 걱정을 해야 하는가?

우리 아리랑 남쪽 마을의 정객들부터 먼저 쓰리랑 마음을 버리고 아리랑 마음으로 되돌아 와야 북쪽 마을의 정객들 그리고 우리 모든 백성들도 뒤따라가지 않겠는가. 언제까지 쓰리랑 마음인 내 욕심으로 이기적인 행동만 계속할 것인가?

사사로운 욕심을 버리고 선한 마음으로 하나 되어 부강하게 힘을 길러야 북쪽 마을의 아리랑 백성들을 도울 수 있고, 아리랑 배달민족의 숙원인 민주주의 평화통일고개를 넘어가는 길로 한 걸음 더 다가가지 않겠는가?

2차대전 후 동양의 네 마리 용(한국, 대만, 홍콩, 싱가포르) 중에서 싱가포르는 1인당 GDP가 6만4천 달러가 넘었는데 한국은 2013년 기준으로 2만4천 달러에 머무르고 있다. 언제까지 우리는 경제발전은 팽개치고 내 욕심만 부릴 것인가?

어리석고 악한 마음을 버리고 아리랑 고개를 넘어 하늘의 본마음으로 돌아와 나라와 국민을 사랑으로 배려하고 봉사하며 국민으로부터 존경받는 정객들이 되기를 바란다.

온 국민들이 믿을 수 있도록 아리랑 고개를 빨리 넘어 아리랑 마음으로 하나되어 남북이 마주 앉아 가슴 열고 아리랑 배달민족의 평화통일과 앞날의 발전을 위해 협력하는 아리랑 배달민족의 정객들이 되어라. 그것이 아리랑 배달민족의 숙명이고 아리랑 하느님의 뜻이다.

백성들이여, 아리랑 고개를 넘자

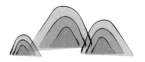

자유민주주의 국가에서는 백성이 왕이라는 것을 잊었는가? 그러나 왕인 백성들이 현명해야 한다. 백성들이 어리석으면 우민정치가 된다. 현명한 백성이 되려면 어리석음과 무관심에서 깨어나 지혜롭고 선한 마음으로 돌아와야 한다.

아리랑 마음이 강한 백성들이 많은 유럽 나라들은 백성들의 행복지수가 가장 높다는 사실을 알고 있는가? 1위 덴마크, 2위 스위스, 3위 아이슬란드, 4위 노르웨이, 5위 핀란드인데 우리 대한민국은 2016년 기준으로 57위에 머무르고 있다.

아리랑 마음으로는 쓰리랑 마음이 잘 보이지만, 쓰리랑 마음으로는 쓰리랑 마음이 잘 보이지 않는다. 무지하고 사악한 마음을 버리고 아리랑 고개를 넘어 아리랑 마음으로 빨리 돌아가자.

절대왕권시대에는 민심이 천심이라 군주가 민심을 알고 아리랑 마음으로 나라를 다스려야 백성들이 잘 살 수 있고, 독재정권시대에는 독재자가 쓰리랑 마음을 버리고 아리랑 마음으로 돌아와야 백성들이 살 수 있다.

투표로 통치자를 뽑는 자유민주주의 시대에는 민심이 천심이 아닌 표심(票心)이고, 표심은 득표(得票)이며, 득표를 위해 복지 경쟁으로 치닫는 경향이 있다. 지나친 복지 경쟁은 부도(不渡)국가를 넘어, IMF 구제금융을 받아야 하는 구걸국가로 가는 길이다.

구걸국가는 긴축정책으로 가야만 하고, 긴축정책은 감봉과 정리해고와 연금축소로 인해 데모가 만연하는 나라가 되게 만들며 데모국가는 난국의 부채국가로 갈 수밖에 없다는 사실을 2011년 그리스 사태를 보면 알 수 있을 것이다.

쓰리랑 마음도 버리지 않고 득표 경쟁을 위한 허황된 복지에 눈이 어두워 쓰리랑 마음이 강한 사람을 우리의 대표로 선택해서야 되겠는가? 그 복지는 우리의 세금으로 충당되어야 하고 그것은 우리 젊은이들이 짊어져야 하는 무거운 짐이 된다는 사실을 왜 모르는가?

자유민주주의 왕은 백성이라고 했다. 백성들이 가진 주권, 곧 왕권을 현명하고 지혜로운 마음으로 행사해야 한다. 민주주의 정치의 가장 큰 단점은 권모술수와 포퓰리즘에 속는 우민정치라고 했다.

바르고 곧고 선량한 마음을 가진 아리랑들은 온화하고 순박하여 너무나 안타깝도록 연약한데 욕심 많고 검은 마음이 강한 쓰리랑들은 참으로 약삭빠르고 권모술수에 능란하다.

자기 자신만 아는 이기적인 엘리트들이 모여 카르텔을 형성하고 똘똘 뭉쳐 있으니 일당백으로 나가자! 외치면 천길 만길 벼랑 끝에서 앞도 보지 않고 생각도 하지 않고 무조건 따라가는 철없는 젊은이들처럼 군중심리로 백성의 귀중한 왕권을 잘못 행사한다면 결국 우리 아리랑 백성들의 선한 마음을 너무나도 아프고 힘들게 될 것이다.

부디 이기적인 마음을 버리고 서로를 아끼는 마음으로 돌아와 악한 마음에 속지 말고 정의롭고 선량한 봉사정신으로 서로 배려하고 서로 협력하는 아리랑 마음으로 내 권리를 행사하자!

아리랑 마음이 쓰리랑 마음에 반드시 승리한다는 것은 진리이고 아리랑 하느님의 뜻이니라. 우리 인간은 어리석게도 하느님의 뜻을 너무 늦게 깨닫게 되는데, 좀 더 일찍 깨닫지 못함을 잠시 후에 몹시 후회하게 된다. 지금도 늦지 않으니 제발 어리석은 마음을 버리고 아리랑 고개를 넘어 아리랑 마음으로 돌아와야 한다. 그것이 우리 아리랑 배달민족의 숙명이고 아리랑 하느님의 뜻이다.

미국에서는 교통규칙을 위반한 장관이나 국회의원이 있을 때 말단 교통순경이 일반 시민과 똑같이 교통 규칙에 따라 공정하게 교통위반을 체크하고 심문하며 벌금을 부과한다. 미국처럼 우리도 온 국민들이 신분의 고하를 막론하고 누구나 공정한 룰에 의한 공권력을 존중해야 되지 않겠는가?

투표로 통치자를 뽑는 자유민주주의 마을에서는 투표의 자유가 보장되어 있어서 전원 투표에 전원 찬성이란 있을 수 없는 현실이다. 만일 내가 뽑은 지도자가 아니라고 해서 국민들이 계속 국정에 협조하지 않는다면 다수결 민주주의 나라에서 누가 정권을 잡든 망하고 만다는 사실을 왜 깨닫지 못하는가?

그것을 알면서도 계속한다면 그것은 나라가 망하기를 바라는 행위가 아니겠는가? 현명한 아리랑 백성들이여! 아리랑 마음으로 눈을 크게 뜨고 살펴보자. 누가 쓰리랑 마음이고, 누가 아리랑 마음인지 잘 살펴보고 내 권리를 올바르게 행사하자. 그래야 아리랑 고개를 온전히 넘어 아리랑 세상이 된다.

하느님의 때가 왔다

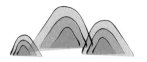

　기나긴 격동과 냉전의 시대가 지나고 이제는 때가 왔다. 무력의 힘이 아닌 하느님의 뜻 아리랑 마음으로 정의롭고 공정한 룰에 의하여 설득할 수 있는 시대가 온 것이다. 왜냐하면 다음 전쟁은 3차대전으로 모두가 멸망하는 천재지변(하느님의 분노와 핵무기와 히로시마 원폭의 수십 배가 넘는 핵발전소)의 불씨가 도처에 도사리고 있다는 것을 모두가 알고 있기 때문이다.

　우리 아리랑 마을도 이제는 주변의 강대국과 군사적인 무력의 힘이 아니라 하느님의 뜻 아리랑 마음으로 정의롭고 공정한 룰에 의하여 대등한 입장에서 평화적으로 화해하고 번영하는 협의를 할 수 있는 때가 왔다.

　대등한 선린관계에서 공정하고 정의로운 룰에 의하여 경제적으로 서로 협력 발전하는 믿을 수 있는 친중(親中)은 환영하지만, 옛날처럼 중국에 의존하고 동북공정의 의도에 밀려 중국의 압력적인 의지나 지시에 복종해야만 하는 종중(從中)은 절대 안 된다.

미국과도 대등한 동맹국으로서 북한의 만행을 억제하기 위하여 방위 동맹협력국가로서 정의롭고 공정한 룰에 의하여 경제적으로 군사적으로 서로 협력 발전하는 믿을 수 있고 의지할 수 있는 친미(親美) 관계를 유지해야 한다. 그러나 미국의 압력적인 의지나 지시에 복종해야만 하는 종미(從美)도 절대 안될 일이다.

일본과도 그들이 과거의 잘못을 반성, 사과하고 대등한 입장에서 공정하고 정의로운 룰에 의하여 경제적인 협력으로 선린관계를 유지하는 것은 좋으나 아직도 한국을 속국처럼 무시하고 독도를 자기네 영토로 계속 주장한다면 친일(親日)도 고려대상이 불가피하다.

아리랑 북쪽마을과도 대등한 입장에서 그들이 잘못을 사과하고, 핵무기를 내려 놓고, 아리랑 하느님의 마음으로 평화적으로 서로 믿을 수 있는 공정한 룰에 의하여 협의해야 한다.

동족애로서 경제적으로 서로 돕고 협력하며 같은 아리랑 배달민족으로서 민족 통일의 길로 한 걸음씩 다가가는 것은 좋으나, 북쪽 마을의 핵무기로 인해 공포적인 억압과 지시에 따르는 종북(從北)은 절대로 안된다. 그것은 우리가 애써 넘어온 아리랑 고개가 아니기 때문이다.

아리랑 후손 배달민족의 기나긴 역사를 통해 그 수많은 온갖 아리랑 고개를 넘어온 흔적들을 면면히 살펴보고 이제 정의로운 룰에 의하여 모두가 각성할 때가 되었다.

아리랑 배달민족의 젊은이들이여! 백성들이여! 어찌하여 이 마지막 아리랑 고개를 넘지 못하고 있는가? 참으로 안타까울 따름이다. 쓰리랑 마음만 버리면 깨달을 수 있을 것인데 안타까울 따름이다.

아리랑 금수강산의 동산은 아리 마을의 에덴 동산처럼 아름답게 우거졌는데 그곳에 후손 대대로 영생할 아리랑 마음이 강한 수많은 선량한 아리랑들은 평화, 화해, 번영을 그리고 있다. 그런데 어찌하여 아직도 쓰리랑 마음이 강한 소수의 쓰리랑들이 욕심만 부리고 많은 사람들을 속여 다치거나 죽게 하는(세월호 선주) 등 사회 혼란을 벌어지게 하여 서민경제를 망치고, 아리랑 마음이 강한 아리랑 백성들의 마음을 이렇게도 아프고 쓰리게 하는가?

쓰리랑 마음을 버리고 아리랑 고개를 넘어 아리랑 마음으로 빨리 빨리 돌아오라. 아리랑 마을 방방곡곡에서 아리랑 온 백성이 한 마음이 되어 쓰리랑 마음을 모두 정화시키고 아리랑 마음이 강한 아리랑들만 온 강산에 득실거리며 활개를 칠 때 아리랑 배달민족이 온전한 아리랑 마을로 통일될 수 있을 것이다.

온 세상에 아리랑 노래가 울려 퍼지고, 아리랑 마음으로 정의롭고 공정한 룰에 의하여 협력하고 아리랑 마음이 온 세상을 주도할 때, 지상의 금수강산에도 평화와 행복을 누리는 영원한 지상낙원이 올 것이다. 이것이 아리랑 배달민족의 숙명이고 아리랑 하느님의 뜻이니라.

제四장

과거를 통해

현재를 보다

제 4장 / 과거를 통해 현재를 보다

촛불시위를 보고

용인 어느 마을에 현석이라고 하는 노인 한 분이 살고 있었다. 그는 건강을 위해 일주일에 서너 번쯤은 등산이나 걷기 운동을 하곤 하였다. 오늘도 등산복을 차려 입고 혼자 산으로 올라갔다.

산기슭을 지나 늘 푸른 소나무 숲속으로 천천히 올라가면서 대자연의 아름다움을 만끽해 본다. 광교산은 언제 와 보아도 또 다시 오고 싶은 참 좋은 산이라고 생각한다. 그렇게 가파르지도 않고, 한나절 내내 걸어도 햇볕을 받지 않을 정도로 울창한 소나무와 잡목이 우거져 삼림욕 하기에는 더할 나위 없이 참 좋은 등산코스다. 그래서 늙은이들이나 초보자들이 오르내리기에는 안성맞춤이다.

맑고 깨끗한 공기를 마시며 혼자 산 중턱에 있는 맷돌바위 쉼터까지 올라갔다. 그 곳에서 잠시 쉬면서 체조도 한번 하고, 산 아래에 펼쳐져 있는 수많은 아파트 단지들과 시가지를 내려다 보다가 높고 푸른 하늘을 우러러 두 손을 힘껏 뻗고, 숨도 한번 크게 쉬었다. 그리고 거기에 설치되어 있는 운동기구로 허리운동도 했다.

잠시 쉬었다가 내려오는데, 다른 노인들이 앉아 이야기하고 있는 곳에 이르러 그들이 앉은 건너편 벤치에 걸터 앉아 잠깐 쉬게 되었다. 서로 '하게' 체로 반말을 하기도 하고, 또 국민(초등)학교 이야기를 자주 하는 것을 보면 학교 동창생들인 것 같았다.

그들 중 하나는 아들인 듯한 장년의 사내와 같이 왔는데, 국내 실정을 잘 모르는 것을 보니, 아마도 오랫동안 외국에서 살다가 이제 막 돌아온 듯했다. 그의 아들 같은 장년의 남자가 말했다.

"밤마다 촛불시위는 왜 저렇게 끈질기게 합니까?"

"그거 대통령 물러나라는 촛불시위잖아?"

검은 옷을 입은 노인이 대답했다. 다른 노인들까지 끼어들며 대화가 이어졌다.

"아니 국회에서 탄핵소추 하기로 가결되었으면 헌법재판 결과가 날 때까지 기다려야 되는 거잖아?"

"그 때까지 기다리지 못하겠다는 거지! 어린 아이들까지 데리고 나온 것을 보면, 혹시 일당이라도 받고 하는 거 아냐?"

"설마 그렇지는 않겠지, 알 수는 없지만...."

"그 많은 촛불, 머리띠, 휘장, 수많은 피켓과 깃발 등 많은 돈이 들 터인데 각자 만들어 가지고 나온 것은 아닌 것 같았는데, 누가 만들어 준 거 아냐?"

"그야 당연히 촛불시위를 주동한 주체들이지. 그런 단체가 많이 있다는데 들고 나온 수많은 단체 깃발을 보면 알 수 있지. 각 노동단체와 사회단체들, 그 깃발 수만치 많은 단체들이 나와서 활동하고 있는 거지. 그게 다 나라에서 돈을 받아서 쓰는 거래. 그게 뭐라고 하더라? '비영리단체의 공익활동증진과 민주화발전에 기여하는 후원금' 이라는 것이 있다는데, 각종 노조뿐만 아니라 지역이권단체, 사회단체, 종교단체들도 자기네 이익을 위해 하는 거지. "

그러자 등산스틱을 들고 있던 노인이 끼어들었다.

"박 대통령이 아버지를 닮아서 사회 부조리를 척결하기 위해 눈치 안 보고 적을 너무 많이 만들었어. 통진당 폐쇄, 북한인권법 제정, 북한 수령 옥죄기로 개성공단 폐쇄, 전교조 전임자 징계, 전직 지도자의 추징금 환수, 세월호 선주의 재산 환수, 방산비리 척결, 자원외교 비리 수사, 노동 개혁을 위한 민노총 압수수색, 적자운영 조선소의 보조금 삭감으로 인한 구조개혁, 코레일 개혁, 김영란 법 통과 등에서 불이익을 받는 단체들이 그 친지들과 같이 한꺼번에 쏟아져 나와 박 대통령을 물러나라고 외치는 거지! 거기에다 세월호 유족들까지 나와 합세하고 있는 거지!"

검은 옷을 입은 노인이 덧붙였다.

"데모꾼들의 군중심리를 고도로 응용하는 종북 세력들도 눈에 띄었어. 심지어는 있어서는 않되는 선전 피켓 즉 OOO 석방하라, 국가보안법 폐지하라, 자본주의 out, 북한이 우리의 미래다 등 그야말로 안보 무방비 상태지. 국회도, 정치도, 법도, 공권력도, 언론도 종북 세력 피켓 몇 장에 무릎을 꿇은 꼴이 되었다. 그것을 꼬집어 강력히 규탄하고 저지하는 곳이 한 곳도 없는 것을 보면 언론도 눈을 감은 것 같아. 북한 김정은만 춤추겠지! 참으로 한심하다. 나라가 어떻게 될 것인지 걱정이야."

노인들은 고개를 끄덕였다.

"오죽하면 미국에서 갓 돌아온 전 UN 사무총장, 반 총장께서도 지금 우리 민족의 혼란 상태는 민족의 자존심으로 도저히 용납할 수 없다고 했겠어."

"그리고 그 세월호 침몰은 선주가 욕심을 부려서 짐을 너무 많이 실은데다 침몰 직전에 선장이 학생들을 구제하지 않고 자기만 살아 나왔기 때문에 떼죽음이 된 거지, 왜 대통령한테 책임을 묻는 거야?"

"해양경찰 관리를 잘못했다는 거지."

"세월호 유족들에게는 군인 전사자들보다 훨씬 더 많은 위자료를 지불 했다는데"

"리본을 달고 위로해 달라, 지지해 달라는 거고, 유족들은 더 많이 받아달라는 것 아닐까?"

"아니, 데모 잘하라고 돈을 준다는 거야? 그런 것을 누가 언제 만들었는데?"

"헝가리인가 어느 나라에서 처음 시작했다는데, 우리 나라에도 도입한 지 근 이십 년이 된다지 아마. 지난 2007년도 한 해에 수많은 단체에 지급된 돈이 무려 180억 원이나 되었다는 기사를 보았는데..."

그 말을 들은 노인이 깜짝 놀라는 표정을 지었다.

"그렇게 많은 돈을 데모하라고 나라에서 대어 주었던 거야? 정부가 그런 시위 못 막아서 국가운영에 막대한 지장이 있잖아."

"그렇지, 지금도 데모천국이잖아. 지난번 어느 방송에서 보니 어떤 젊은 아주머니가 하는 말이 '우리 나라의 정치 지도자들은 존경스러운 사람이 별로 없어' 하는 말을 했는데 너희들은 어떻게 생각해?"

"몇 년 전에 재야그룹의 한 지도자 Bkwn씨는 'B 대통령은 나같은 데모꾼들만을 못살게 했지만, 다른 대통령들은 훨씬 더 많은 백성들을 못살게 했다고 하였다는데, 그래서인지 역대 대통령들 중에서 B 대통령이 국민들로부터 선호도가 제일 높았었는데 요즘은 어떻게 변했는지 모르겠네."

꿀꿀이죽과 피난고개

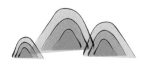

노인들은 혀를 끌끌 차면서 하늘을 바라보았다.

"맞아, 나도 그 분을 존경하는데, 지난번 어느 퀴즈에서 보니까 젊은 이들이 꿀꿀이죽은 고사하고 보릿고개며 판잣집도 잘 모르더라고."

가만히 듣고만 있던 노인의 아들이 나섰다.

"저도 보릿고개라는 말은 들어봐서 알겠는데, 꿀꿀이죽은 잘 모르겠어요."

"이 사람아, 한국사람이 대학원까지 나와서, 박사학위까지 받았다는 사람이 꿀꿀이죽도 몰라?"

그러자 아까부터 조용히 있던 노인이 젊은이 편을 들며 말했다.

"그야 6.25 전쟁을 직접 겪어 보지도 않은데다가 외국에서 한국전쟁 사를 배우지 않았으니 모를 수밖에 없지. 한국에서 대학을 졸업한 젊은 이들도 6.25 전쟁에 대한 현대사를 제대로 배우지 않아서 잘 모르던데, 외국에서 공부한 사람이 그것을 어떻게 알겠나?"

노인은 한숨을 푹 내쉬면서 말을 이었다.

"그 꿀꿀이죽은 말이야, 말 그대로 돼지죽이지. 6.25 전쟁 때 부산까지 피난을 갔는데 살 집이 없어 가파른 산비탈에다 판잣집을 짓고, 나중에는 남은 산이 없어 일본인 공동묘지 위에 비석을 주춧돌로 삼아 판자집을 지어 살았어. 지금도 그 비석 마을이 남아 있다는데, 그 무렵 얘기지."

"먹을 것이 너무나 없으니 미군부대 식당에서 버린 잔반과 부식을 얻어다가 함께 넣고 끓여 먹던 죽을 말하는 거야, 바로 돼지죽이지. 나도 그때 부산에서 그것을 몇 번 먹어 봤는데, 먹고 나면 은근히 취할 때도 있었다네."

노인의 아들이 깜짝 놀라서 물었다.

"아니, 그건 왜요? 그 안에 뭐 술이라도 섞여 있었던가요?"

"맞아, 그 속에는 작은 고깃덩어리도 간혹 들어있었지만 간혹 양주인 위스키 술도 섞여 있었기 때문이지. 그런데 그것이 음식에 엎질러진 술 때문인지, 그렇지 않으면 술 취해서 누가 오바이트를 해서인지는 아무도 알 수 없지."

장년의 사내가 인상을 잔뜩 찌푸렸다.

"아니, 그런 것을 어떻게 먹어요? 말도 안 되는 거짓말 같아요."

"정말 견딜 수 없을 정도로 추위와 굶주림에 시달려 보지 않은 젊은 이들은 누구나 다 그렇게 생각되고말고."

"그때 그 춥고 굶주림에 시달리던 피난민들은 가지고 온 옷가지라도 팔아서 판자집은 겨우 지었지만 돈은 없고 먹을 것이 너무나도 없으니 어쩔 수 없이 그것으로라도 연명을 해야만 했었지. 6.25 전쟁을 겪은 너희 아버지, 할아버지 세대들은 누구나 다 그렇게 어렵고 힘들게 죽지 못해 살았단다. 그렇지 않아?"

건너편에 앉아 있던 노인에게도 동조를 구하는 것이다.

"맞아. 6.25사변 같은 그런 전쟁의 비극은 다시는 일어나지 말아야 할 텐데 걱정이야. 전쟁의 잿더미에서 그 짧은 기간에 경제강국 G20 국가가 되기까지의 한국현대사를 정확하고 바르게 이해만 한다면 누구나 다 애국자가 될 텐데 말이지. 애국자가 될 뿐 아니라 세계최고의 경제학자가 되고말고! '한국의 역사와 경제는 기적'이라고 한 노벨경제학상을 받은 뉴욕대 Tst 교수는 그 짧은 기간에 이룩한 한국경제사를 연구하기 위해 스스로 서울대 교수로 부임했다고 하잖아."

"그게 정말입니까?"

"그래, 그 기사가 신문에 보도된 것을 나도 봤어."

진돗개 닮은 민족성

노인들의 대화는 주제를 넘나들며 이어져 갔다. 검정 옷을 입은 노인이 먼저 입을 떼었다.

"옛날에 들은 이야기인데 LA 시에 한인회장이 두 사람이라는 거야."

"왜? 한 도시에 한인회장이 둘이나 된 걸 보니 또 두 파로 나뉘어 싸우는가 보지! 어쩌면 미국 공화당과 민주당처럼 나누어질 수도 있지."

"우리나라에 오랫동안 살아온 한 외국인 Lc 씨는 우리 민족이 고쳐야 할 점을 걱정하면서, 진돗개와 참게를 닮았다고 했는데 공감이 가더라고."

"진돗개와 참게의 어떤 점이 닮았다는 건데?"

"다른 개는 한 번 싸워 서열이 정해지면 한동안 변하지 않는다는데, 우리 진돗개는 자고 나면 또 다투는 버릇이 있다는 거야. 그리고 빈 항아리에 참게를 몇 마리 넣어 두면 뒤따라 올라오는 게가 앞의 것 다리를 잡아 당겨 여간해서는 올라오지 못한다는 거야."

등산스틱을 툭툭 두드리고 있던 노인이 혀를 차며 말했다.

"우리나라는 옛날부터 훌륭한 인물을 시기하고 질투하는 일이 많았다. 툭하면 당을 나누어서 자기 파가 아니면 정적으로 헐뜯고 모함하는 파당싸움의 고질적인 나쁜 민족성은 이제 그만 버려야 해."

옛날 조광조, 이순신 장군, 남이 장군, 김구 선생도 그렇게 희생되었다. 외국에서 다른 나라 출신들은 같은 동포끼리 동업하면 성공하는 경우가 많다는데, 우리 한국인끼리 동업하면 원수가 되기 쉽다는 말도 있다.

"우리 DNA에 분열인자가 새겨져 있는 것은 아닌지 몰라. 몇 년 전에 미국 LA에 한인회장이 두 사람이라, LA 시장이 양쪽 회장취임에 참석하면서 같은 동포끼리 어찌 이런 일이 다 있느냐고 했다지."

이때 가만히 앉아서 듣던 노인이 뜬금없이 나섰다.

"공화당, 민주당으로 나누는 것은 좋은데 종북 세력이 문제야. 임진왜란 때 이순신 장군을 모함했던 것처럼 국익 앞에서도 내 이익을 위해 분열하는 고질적인 나쁜 민족성 당파싸움 전통은 이제 그만 고칠 때가 되었는데 말이야."

"그러게나 말일세."

"우리의 대기업 회장들이 외국에 나가면 최고 귀빈 대우를 받는다는데 나라 안에서는 그만한 대접을 받지 못하고 있는 것 같다. 미국 국민들은 자기 나라의 대기업 애플을, 독일 국민들은 벤츠를, 중국 국민들은 알리바바를 더 발전하고 성장하도록 그 나라 국민 모두가 적극 애용하며 돕고 있지. 그 회장도 온 국민들이 가장 좋아하고 가장 부러워하고 존경하는 인물인데 우리 국민들은 왜 그렇게 하지 못할까?"

"그러게 말이야. 그들과 그들의 부친과 조부가 그 기업을 발전시키며 매년 수만여 명씩 직원을 뽑아 젊은이들의 일자리를 제공했는데 잊어버렸나 봐. 그 산하 기관과 협력하청기관의 수많은 직원과 가족들 그리고 우리 국민들을 먹여 살리고 있고 또 우리나라 경제발전에 얼마나 큰 공헌을 했는지 잘 모르기 때문이 아닐까?"

노인들은 고개를 끄덕였다.

"우리 나라 총 GDP의 60~70% 이상을 10대기업이 점유한다면 그 기업들이 잘 되어야 우리 나라가 수출을 더 많이 할 수 있고 수출을 더 많이 해야 세금을 더 많이 받아들여 우리 국민들이 더 잘 살 수 있다는 사실을 모르지는 않을 텐데. 아마 그들이 세금을 좀 더 많이 내야 한다는 생각으로 그렇게 표현하는 건지도 모르지."

"사촌이 땅을 사면 배가 아프다는 심보 아닐까? 그래도 그들 기업들이 우리 국민들의 경제생활에 얼마나 큰 도움을 주고 있는지 국민들이 좀 깨달아야 하는데 말이야, 그런데 정치자금을 뜯어 가는 이기적이고 얌체 같은 정치인도 있었던가 봐. 그래서 비자금 문제로 비리가 생기고, 그 때문에 기업인들이 정치인과 같이 싸잡아서 인심을 잃은 거 아냐? 지금은 많이 정화되었다고는 하지만."

"옛날 H그룹 회장이 왜 기업인이 대통령에 출마하셨습니까? 라는 질문에 대답한 말을 생각해 봐. 요즘 그 대답이 SNS로 다시 돌아다니는 걸 보니 '대통령마다 기업인에게 큰 돈을 달라고 해서 내가 대통령이 되면 그것만은 막겠다는 마음으로 출마했다'고 말했다잖아."

"그런 부정을 막기 위해 애쓰다가 역자가 끼어들어 문제를 일으키는 바람에 곤욕을 치르고 있잖아. 국민으로부터 선출된 대통령은 국정의 모든 권한을 위임받은 것이니 사익을 떠난 공익이라면 대통령은 국민 전체를 위해 부정을 척결하고, 국정을 바르고 정확하게 운영하고, 또 국위선양을 위해 문화와 체육을 권장하고, 도와달라고 협조를 요구할 수도 있는 거 아닐까?"

"비서관들도 있고 절차도 있으니 쉽지는 않은 문제지."

"더 많이 수출하기 위해 참모들 뿐만 아니라 믿을 만한 국민 누구와도 상의하고 협조 받을 수 있는 거 아닌가? 북한 수령과 협의한 것도 아니고, 북한 수령 앞에서 맹세 서약한 것도 아니잖아? 역대 대통령들도 모두가 다 그들 참모진 뿐만 아니라 가장 믿을 만한 가까운 사람들과 상의하고 협의하고 도움을 받지 않은 지도자가 어디 있어? 다 그들이 믿을 만한 가까운 사람들끼리 상의하고 선임하고 임명하고 처리하지 않았던가?"

"맞아, 그렇게 생각하면 크게 잘못이 없는 것인지도 몰라. 그러니까 부정을 찾아 내려고 청문회에서 장관들에게 큰 소리로 따지는 것을 보면 우리나라 헌법은 삼권분립이 아니고 국회 우위의 헌법인가 봐. 행정부가 어쩔 수 없이 당하기만 하는 것을 보면."

"그것은 아니지. 어쩌다가 국민들이 야당을 더 많이 뽑아 주어 야당 의원이 제1당이 되니 국회를 좌지우지 할 수 있고, 국회에서 법 통과 없이는 국정을 운영할 수가 없으니 어쩔 수 없이 그렇게 된 거지, 그래서 여당이 강해야 정부가 국정을 강력하게 추진할 수 있는 거지."

"맞아, 국민들이 여당에서 내분이 일어나 서로 쌈박질하는 것을 보고, 미워서 그렇게 된 것인지도 몰라. 지금도 자기들의 이익을 위해 나라의 장래는 생각지 않고 내 욕심을 부리는 촛불시위를 하고 있잖아. 그것을 민심으로 기회를 노려 덩달아 춤을 추는 거지!"

"맞아, 그러니까 탄핵을 반대하는 사람들도 태극기를 들고 그렇게 많이 쏟아져 나온 것을 보면...! 민심은 따로 있는지도 몰라."

초대 대통령은 삼신이다

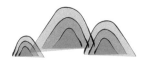

"너희들 혹시 'L 대통령은 삼신이다' 란 말을 들어 본 적이 있어? L 대통령과 대선 경쟁을 하던 정적 Jb 씨가 대선 유세 때 연설에서 했던 말이야. L 대통령은 평생을 항일독립운동을 전개한 분이요, 해방 직후의 혼란과 어려움 속에서도 자유민주주의 국가의 초석을 닦았고, 철저한 반공주의자였지."

"6.25 전쟁 때 미국과 함께 UN군을 참전하게 해서 승리로 이끌었고, 휴전 후 UN군의 허락 없이 반공포로를 석방하기도 했어. '뭉치면 살고 흩어지면 죽는다' 라는 민족사활의 유훈을 남긴 국부적인 존재로 길이 받들어야 할 대한민국 초대 대통령이야. 미국의 조지 워싱턴과 같은 분이지."

"그런데 그 분을 왜 삼신이라고 했는데?"

"나라에는 충신이고 외교에는 귀신인데, 인사에는 등신이라는 거지. 그런데 그 말이 적중되고 말았어. 대선에서 3.15 부정선거로 휘말려 4.19 혁명이 일어났고, 그 부정선거를 지휘하던 Lg 씨 내외는 아들의 총에 맞

아 죽고, 그 아들도 결국 자살했어. 그래서 L 대통령은 하야하고, 하와
이로 돌아가 그 곳에서 서거했지. 나중에 B 대통령이 현충원으로 다시
모셔 왔지만, 결국 인사에 등신이 되어 패가망신뿐 아니라 국가망신을
하고 말았지"

5.16 군사혁명

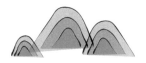

노인의 아들이 다시 이야기에 끼어들었다.

"그 4.19 혁명 이야기는 저도 조금 알고 있었는데오. 그런데 5.16 군사혁명인가 군사정변인가 그건 왜 일어난 거에요?"

이번에는 젊은이의 아버지가 입을 떼었다.

"너는 그때 태어나기 전이니 당시 상황을 잘 모르겠지. 4.19 혁명으로 L 대통령이 하야하고 Hj 과도정부를 거쳐, 국회에서 윤ㅇㅇ이 대통령으로 선출되었지. 내각책임제로 Jm이 내각 수반이 되었는데, 날이면 날마다 하루도 빼놓지 않고 데모가 계속되었어. 산업은 고사하고 전후 잿더미 속에서 먹고살기가 어려운 시절이었지. 오직 미국의 무상원조를 가지고 간신히 먹고살아야 하고, 기술도 자본도 없어서 산업이라고 하는 것이 고작 엿장수들이 모아 온 머리털로 가발을 만드는 가발공장, 옷을 만드는 봉제공장뿐이었어. 그런데 그 공장의 직공들까지 한두 사람의 불순분자가 충동질하는 바람에 모두 거리로 뛰쳐나와 노임을 올려 달라고 아우성을 쳤지."

"그뿐이면 다행이게? 미군의 협조를 받아 국방을 지키던 시절인데 불순한 소수의 충동질로 일부 학생들은 북한학생들과 만나 담판을 짓자고 하면서 판문점으로 가자고 하지, 국회에서는 매일 같이 당파 싸움만 하고, 이제 데모를 그만 하자는 데모까지 하는 지경이었지."

"이렇게 혼란하고 불안정한 붕당체제에 이르러 공권력은 바닥에 떨어지고 거의 무정부 상태에 빠지고 말았다. 이때 서방에서는 '한국은 데모공화국'이라고 대서특필을 했고, 일본에서는 방송으로 뭐라고 헐뜯으며 비아냥거렸는지 아니? '강고꾸노 데모크라시와 데모데 구다스(한국 국민은 민주주의가 데모인 줄 안다)'라고 빈정거리면서 폄하했어. 북한은 호시탐탐 재남침을 노리고 있었으니 군부에서는 몹시 불안한 상태였지. 바로 그 때 B와 J가 주동이 되어 '백척간두에 놓인 국가와 민족을 구하고 내일의 번영을 위해 이 길밖에 없어 결사감행합니다'라는 결의서한을 참모총장께 보내고 군사혁명을 일으켰는데, 천만 다행히 무혈로 완수된 것이다."

노인의 아들이 고개를 갸웃거렸다.

"그래서 그 군부정권이 제일 먼저 한 일이 뭔데요?"

"우선 정국을 안정시키고 반공을 국시로 해서 우리도 하면 된다, 할 수 있다, 잘 살아 보자라는 지표 아래 무엇을 가장 먼저 해야 할지 그 선후를 정하는데 토론이 분분했었다더라. '보릿고개도 못 넘기는 판국에 무슨 민주주의냐?'는 생각이 앞섰던 것 같다."

다른 노인이 끼어들었다.

"민주주의도 중요하지만 우선 경제부흥으로 보릿고개 해소부터 먼저 해야 할 거 아니요? 기본적인 생계가 보장되어야 인권보장도, 민주주의도 가능할 수 있다고 생각한 거지. 그 대통령은 "내 무덤에 침을 뱉어라"라는 말을 한 걸로 유명해. 당장은 국민들에게 욕을 좀 먹더라도 우리 국민 대대로 잘살 수 있도록 경제부흥을 줄기차게 밀고나가야겠다는 굳은 의지가 그때부터 뚜렷이 엿보인 것이지."

"경제부흥은 말이나 의지만으로는 되는 것이 아니잖아? 농업국가로의 발전은 인구는 많은데 국토가 너무 좁으니 한계가 있어 어렵고, 공업국가로의 발전은 그 당시 자원도 없고 기술도, 자본도 없는데 어떻게 했어?"

"그게 그 당시 가장 큰 딜레마였지. 산업개발에 필요한 자본을 구하기 위해 동분서주 하다가 대일청구권을 생각해 냈지. J 씨가 10억 불을 요구하며 5년간 끈질긴 교섭 끝에, 겨우 5억 불을 그것도 2억 불은 차관으로 연차적으로 들여왔다더라. 그런데 반정부시위자들은 굴욕적인 대일외교로 볼 수밖에 없었고, '차관망국'이라고 계속 반대시위를 줄기차게 했었어. 그리고 외화를 벌기 위해 자본이 가장 적게 드는 가발공장과 봉제공장이 수없이 생겨났지. 그때 소문에 '봉제 제품을 담은 컨테이너를 남산만치 쌓아야 1억 불이 된다' 고 했다."

과거를 통해 현재를 보다 **93**

새마을운동

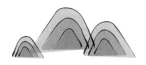

그 무렵 우리 나라와 같이 2차 대전 후에 독립한 이스라엘은 미국을 비롯해서 선진각국에 흩어져 살던 갑부 유대족의 자본으로 메마른 사막에서 지하 1,000m 이하의 지하수를 끌어올려 식히고, 비닐하우스를 개발하여 전천후농업국가로 발전하고 있었다.

그 이스라엘 사절단이 내한(來韓)하여 비행기를 타고 아래를 내려다 보았다. 강물이 흐르고 녹음이 짙은 우리의 강산과 평야를 내려다보던 그는 여의도 비행장에 내리면서 첫마디로 이렇게 말했다고 한다.

"이렇게 물 많고 비옥한 땅을 가지고 왜 못 사느냐?"

그 말을 듣고 사람들은 '우리도 하면 된다'는 자신감을 가지고 근면, 자조, 협동 정신을 바탕으로 우리도 한번 잘살아 보자고 '새마을운동'을 방방곡곡에 전개하였지. '새벽종이 울렸네, 새 아침이 밝았네' 라는 새마을운동 노래도 만들었어. 지붕도 개량하고 수로와 농로도 개량하고 농지도 정리하는 새마을운동이 활발해졌지. 땔나무를 가져가느라 헐벗은 벌거숭이 산에 나무를 심고, 산림녹화를 위해 땔감을 연탄으로 바꾸어 19공 연탄도 보급했던 거야. "

"입산금지라는 말이 그때 만들어진 거야. 입산금지로 나무를 가꿔 지금과 같이 산마다 울창한 숲이 우거지게 되었지. 북한은 아직도 산에 나무가 없어 벌거숭이 산인데, 그 새마을운동이 국가 발전의 한 모델이자 민, 관이 협력하여 빈곤을 퇴치한 성공 모델로 손꼽히고 있어. 새마을운동은 그 독창적인 가치를 인정 받아 현재 70여 개 국가들이 배워 갔거나 배우고 있고, 유네스코의 세계기록유산으로 등재될 가능성이 높다고 했는데, 최근에 등재되었다고 하더라."

그 당시 경제개발을 위해 부족한 자본을 좀더 마련하기 위해, 미국에 가서 차관을 요구하니 불법 쿠데타를 일으켰다고 푸대접을 받았다. 그 당시 미국으로서는 자유민주주의 지도국가로서 당연한 처사인지도 모른다. 그래서 우리와 같은 분단국가인 서독에다 차관을 요구하니 돈은 꾸어 줄 수 있는데, 담보가 없어 곤란하다는 것이었다. 그래서 협의 끝에 독일사람들이 기피하는 탄광 광부와 간호사로 인력을 수출하여 그 임금을 담보로 1억 마르크 차관을 받게 되었다. 그 당시 서독은 부강한 나라라 인건비가 높았기 때문에 광부 5백 명 모집에 5천여 명이 지원해 경쟁률이 10:1이 넘었다고 한다.

"그때 나도 신청했었는데, 가족들이 극구 만류하는 바람에 못 갔지 뭐야?"

검은 옷을 입은 노인이 중얼거렸다.

그렇게 해서 독일에 광부와 간호사로 파견된 사람이 수만여 명이 훨씬 넘었다고 한다. 남의 나라 땅 천여 미터 지하에서 석탄을 캐는 우리의 젊은이들, 처음에는 말이 통하지 않는 어린 간호원들은 남의 나라 병원 지하에서 시체 닦는 일을 해야만 했다.

B 대통령 내외가 독일에 갔을 때의 이야기는 유명하다. 독일에서 광부와 간호사들을 만난 B 대통령은 '가난하다는 이유로 이역만리에서 고생을 한다'면서 아리랑과 애국가를 부르며 함께 울었다. 그 장면은 TV로도 보도되어 국민들의 가슴을 먹먹하게 만들었다.

"함께 부둥켜 안고 울던 장면이 아직도 내 눈에 선해."

조용히 듣기만 하던 노인이 문득 입을 열어 말했다.

B 대통령은 광부들과 막걸리를 마시며 아리랑을 불렀고, Y 여사는 간호사들을 부둥켜 안고 울었다. 그 당시 서독 대통령이 왜 쿠데타를 일으켰느냐고 물으니, 그는 서슴지 않고 대답했다.

"국가가 잘살게 되어 공산국가에 이기기 위해서지요."

그 말을 들은 서독 대통령도 깊이 공감했는지 무담보로 차관을 훨씬 더 많이 받게 해 주었다고 한다.

어느 해, 월남전에 국군을 파병하게 되었을 때의 일이다. 그 때에도 반정시위자들은 '젊은이들의 피를 판다'고 하여 반대 데모를 맹렬히 했었다. 그러나 6.25 전쟁 당시 우리 대한민국의 자유와 평화를 수호하기 위해 미군을 비롯해서 자유우방 16개 국가의 젊은이들이 UN군으로 참전하여 수많은 목숨을 잃었거나 다쳤으니 그 보답으로 우리도 세계 평화와 자유를 위해 파병을 해야만 했다.

"그렇게 목숨을 건 수당으로 달러를 벌어들인 거지. 그것들이 산업발전의 밑천으로 큰 보탬이 되었다더라."

경제개발 5개년계획

"B 정권은 그 돈으로 제일 먼저 무엇을 어떻게 했대요?"

노인의 아들이 다시 물었다.

"그때 가장 시급한 것이 먹고 사는 문제 즉, 보릿고개를 넘기는 일이었어. 그래서 식량증산을 위해 수확이 가장 많은 통일벼를 개발 보급하였고, 나주에 비료공장을 제일 먼저 건설했지. TV에 보니까 지금은 쌀이 남아돌아 쌀값이 떨어졌다고 수매가격을 올려 달라면서 수확도 하지 않고 다 익은 벼를 아깝게 갈아 엎는 똥배짱 농부도 있더라만, 차라리 없는 사람들에게 누구든지 와서 베어 가시오 하면 인심도 얻고, 유명인이 될 터인데, 모두들 욕하잖아. 옛날엔 정말로 밀가루 보리죽도 먹기가 어려웠으니까, 그게 바로 어제 일 같은데 말이야."

대통령은 지속적인 경제발전을 추진하기 위해 부족한 자본을 가장 효율적으로 활용하는 제 1차 경제개발 5개년계획을 수립했다. 산업의 기초를 튼튼히 하기 위해 기간산업인 비료와 시멘트, 다목적 댐을 비롯해서 중화학공업에 이르기까지 제 2차 경제개발 5개년계획도 잘 진행되었다.

제 3차, 4차, 5차 경제개발까지 계획은 세워 놓았으나, 제4차 경제개발 5개년계획까지 다 추진하지는 못했다. 전력 수급을 위한 다목적 댐, 수력발전소와 화력발전소, 고속도로 건설, 정유공장을 건설했으며 HJ 회장을 도와 자동차공장, 조선공장을, SL 회장을 도와 전자가전제품 공장을 건설하게 했다.

그리고 Bt 회장으로 하여금 제철공장을 건설하도록 했는데 부족한 자본으로는 도저히 불가능한 일로 보였다. B 대통령은 해외에서 기술자들을 초청하기 시작했다. 각 분야별로 연구하여 미비한 분야만 외국의 기술자를 불러들이고, 나머지는 모두 우리 기술을 이용하여 아주 적은 비용으로 포항제철공장을 완성했다.

일본을 비롯한 선진국에서는 이렇게 만들어진 포항제철공장이 제대로 작동하지 못할 거라면서 비웃었다. 지난한 작업이 끝나고 마침내 포항제철공장 시동을 점화하는 순간이 왔다. 대통령을 비롯해서 모두가 긴장하고 바라보았다. 마침내 공장이 성공적으로 가동되고 쇳물이 쏟아져 나오는 개가를 올렸다.

이후로 철을 이용하는 모든 국내공장에서는 국산 철로 대치하게 되었고, 철판을 외국에 수출까지 하게 되었다. 그리고 오늘날 그 제철기술이 질적으로나 생산단가 면에서 세계 제일이 된 것이다.

그런데 그 당시에는 전자제품이나 자동차 같은 공산품을 만들어 내도 국제시장에서 경쟁력이 없어 싸게 팔아도 많이 팔리지 않았다. 기술이 많이 부족해서였다.

"그래서 정부에서는 정경유착이 불가피했던 거지. 연구원에서는 국제
경쟁력을 높여 더 많은 수출을 돕기 위해 공동으로 연구협력개발을 했
던 거야. 정경유착의 의미가 요즈음과는 질적으로 달랐지. 그 당시의 정
경유착은 수출품의 품질향상으로 국제경쟁력을 높여 수출증대를 위해
불가피한 공익적인 것이었으니까. 요즈음의 정경유착은 기업으로부터
정치자금을 얻기 위한 사욕적인 것이니 그 목적이 아주 달랐지."

이렇게 연구개발하고 기술을 습득해 가면서 조금씩 상품의 질이 향
상되었고 수출도 점차 늘어나기 시작했다. '수출은 경제력이고 곧 국력
이다' 이 것이 당시의 모토였다. 그 결과 1억달러수출탑을 시작으로 5
억달러수출탑, 10억달러수출탑, 마침내 100억달러수출탑을 이루게 되었
고 그 해 11월 30 일을 수출의 날로 정했다.

"당시 원로 지도자이신 Hms 옹은 4.19 혁명이 잎이라면, 5.16 혁명은
꽃이라고 말씀하셨지."

청렴결백한 지도자

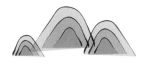

    어느 날 고향에서 어렵게 살고 있는 B 대통령의 누님이, 자기가 업어 키운 동생이 대통령이 되었다고 하니, 영부인에게 도움을 청했다. 하나밖에 없는 누님의 처지를 모르는 체 할 수가 없어 남편 몰래 동문 비서를 통해 그 뜻을 전했다.

    누님의 아들들에게 택시 3대를 사서 영업하도록 도와 준 것을 알게 된 B 대통령은 가장 믿을 만한 자기 동문 비서를 해임시킨 뒤, 누님에게 '내가 대통령직이 끝나면 잘 모시겠습니다' 하고는 조카를 고향으로 내려보냈다고 한다. 이렇게 그는 눈물을 머금으면서도 공과 사를 분명히 하였다.

    어느 날의 일이다. 국방을 더 튼튼히 하기 위해 우리 국군의 소총을 M16 소총으로 교환하게 되었다. 그러자 미국의 모 방위산업 전무가 감사 인사를 하러 왔다. 여의도 비행장에 내리니 비행장도 초라하고, 서울의 거리도 보잘 것 없었다. 대통령 관저인 청와대도 초라했다. 후진국이니 별수 없구나, 생각하며 2층 대통령 집무실 문을 노크하고 들어섰다.

키가 작고 보잘 것 없이 생긴 사람이 웃옷을 벗고 러닝셔츠 바람에 테이블 위에 지도를 펼쳐 놓고 무엇인가를 찾아 선을 그으면서 비지땀을 흘리고 있었다. 고속도로 노선을 살피는 중이었다. 비서가 "미국 M 회사에서 손님이 왔습니다."라고 보고하니 그제야 옷을 입으면서 말했다고 한다.

"귀한 손님이 오셨는데 에어콘을 좀 틀지..."

다른 노동자들은 공장에서 비지땀을 흘리는데, 혼자만 시원하게 보내기가 미안해서 늘 에어콘을 끄고 있다는 것이었다.

M 회사 전무는 "우리 회사 소총을 사 주셔서 감사합니다"라고 말하며 사례금으로 백만 달러를 내 놓았다. 뜻밖에 큰 돈을 본 B 대통령이 놀라며 물었다.

"이 것을 내 마음대로 사용해도 됩니까?"

"물론이지요."

"그러면 그 M16 소총을 백만 달러어치 더 보내주시오."

그 전무는 깜짝 놀랐다.

"예, 그렇게 하겠습니다"

약속을 한 뒤 업무를 마치고 현관으로 내려가는데 에어콘 꺼지는 소리가 들렸다. 그 전무는 2층을 쳐다보면서 다시 그 작은 거인을 우러러 생각했다.

'가난한 나라에 이렇게 훌륭한 지도자가 있다니 언젠가는 이 나라가 크게 발전하리라'

"SNS를 통해 그 전무의 회고록을 보고 나 역시 B 대통령이 참으로 청렴한 지도자라고 생각했어. 그가 돌아가신 뒤 언젠가 신문에서 본 것인데 청와대를 증축할 때 화장실 욕조마다 벽돌이 한 개씩 다 들어 있었다는 인부의 이야기를 듣고 B 대통령은 참으로 절약 생활이 몸에 배어 있는 청렴한 지도자였구나 재삼 느꼈다. 그 후에 또 어떤 일이 있었는지 아는가?"

홍익인간의 시동과 이민 붐

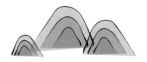

"또 무슨 일이 있었는데요?"

노인의 아들이 궁금한 표정으로 물었다.

"어느 해, 북한은 박 대통령을 저격하기 위해 무장간첩단을 보내 청와대를 습격해 왔어. 종로경찰서장이 순직할 정도로 격렬한 총격전 끝에 간첩을 체포하고 나머지는 전원 사살되었지. 자기를 죽이려고 한 북한도 우리와 같은 아리랑 배달민족이니 언젠가는 반드시 통일되어야 하기 때문에 서로 소통하고 화해하여 평화통일의 길로 좀더 다가가기 위해 남북적십자회담을 몇 차례 했어. 그 후에도 남북조절위원회가 서울에서 열리고 다음에 평양에서도 열렸지."

그때 기자단이 대거 수행했다. 회담이 진행되고 있던 그 시간, 북한 당국은 자기네들의 무기 생산을 과시하기 위해, 기자들의 눈을 가리고 차에 태워 북한의 어느 지하무기생산공장을 시찰하게 하였다.

우리 쪽에서는 잘살기 위해 수출증대를 위한 산업발전에 온 힘을 기울이느라고 아직 M16 소총도 만들지 못해 미국에서 사 왔는데, 북한에서는 그때 이미 탱크, 대포, 발칸포 등 각종 총과 포탄 등을 무진장 만들고 있었다.

이 광경을 본 기자들은 너무나 놀라 눈이 휘둥그레졌다. 재 남침을 준비하고 있음이 분명하였다. 기자들은 몹시 불안해졌다. 그러나 전쟁이 재발할 가능성이 있다는 보도가 나면, 국민들이 불안하여 사회가 너무 동요하게 될 우려가 있으므로 정부에서는 부득이 수행한 기자들에게 함구령을 내려 서약서를 받았다.

"그러나 기자들은 본성이 있어 그 함구령을 어기고 말았지. 신문을 억제해서 보도는 없었지만 암암리에 소문이 급속히 퍼지고 말았어. 그래서 남침 재발의 가능성에 불안한 나머지 이민 붐이 일어나고 말았지. 연고가 있는 사람이나 돈 있는 사람들은 미국으로, 미국이 어려우면 캐나다로, 호주로, 뉴질랜드로, 브라질로, 브라질도 안 되면 파라과이로 재산을 몽땅 팔아 이민을 갔던 거야. 물론 나중에 유신헌법이 싫어서 이민간 사람도 있었지만 그보다 앞서 이 소문 때문에 이민을 간 사람들이 훨씬 더 많았다고 할 수 있지. 이것은 분명 홍익인간의 활동을 위한 하느님의 설계에 의한 시동인 것 같아."

물론 그 후에도 해외로 이민이나 취업을 나간 사람들은 많이 있다. 그렇게 각 나라로 떠난 우리 아리랑 배달민족들이 한인타운을 만들고 홍익인간으로 열심히 살고 있다. 중국과 일본은 일정 때 갔지만 중국, 일본, 미국을 비롯해서 브라질, 호주, 뉴질랜드의 한인 타운까지 널리 퍼져서 살았다.

아프리카에서 '울지마 톰스'의 주역인 이○○ 신부님의 봉사 이야기는 언제 들어도 가슴 뭉클하다. 원양어선 선원들의 제 2의 고향인 스페인 령 라스팔마스 섬 교민 사회에서 세운 원양어선 선원들의 위령탑, 호주의 타조 동물원 이 모든 것들이 우리 동포들의 역사를 보여 준다.

이집트령 홍해 연안에서 다이빙 캠프장을 운영하는 사람, 아프리카 탄자니아 자동차 정비강사로 봉사에 앞장서는 사람, 케냐에서 기술교육봉사 하는 사람, 아프리카와 동남아 여러 나라에서 선교활동을 하는 사람 등 세계 곳곳에서 우리 민족들이 활약하고 있다.

우리 동포들이 물이 부족한 곳에 우물을 파 주고 학교를 지어 주며 새마을운동을 보급하는 등 아리랑 배달민족 홍익인간의 얼을 세계 만방에 떨치는 봉사활동을 열심히 하고 있다는 것을 우리 젊은이들이 알아야 한다.

국내에도 훌륭한 사람들이 많이 있다. 자신의 기업과 전 재산을 자식들에게 물려주지 않고 사회에 헌납한 유한양행 창업주도 있고, 주식을 직원들에게 나누어 줌으로써 직원들도 사주가 되는 중소기업 베셀, 국밥 장사로 평생 번 전 재산을 장학금으로 내놓은 할머니, 학생 퀴즈에서 우승한 학생들의 해외연수를 돕는 기업들, 장학금을 계속 지불하는 S기업, 서해 해전에서 전사한 장병들에게 위로금 1억 원을 국방비로 써 달라고 선뜻 내놓는 어머니의 애국심, 이 모든 것이 아리랑 배달민족의 홍익인간의 얼이다.

"맞아, 그때 서울 남가좌동 모래내 시장에서 포목점을 하던 해주상회 사장도 미군 PX에 근무하던 자기 사위와 함께 브라질로 가려고 하다가 안 되어 파라과이로 이민을 갔었지."

"그래서 정부에서는 어떻게 했었나요?"

아들이 묻자 아버지가 답했다.

"남북적십자회담과 조절위원회까지 열면서 평화와 화해를 위한 유화정책을 썼으나 북한의 적화야욕이 드러나고 말았으니 다급해진 거지. 그래서 방위산업을 급히 서둘러 자동차공장 이면에서 시작했다더라. 탱크, 발칸포, M16 소총 등을 개발하기 시작했지만 기술이 많이 부족했어. 혹시 'Bd 로비' 활동이란 말을 들어 보았지?"

"미국에서 자기 나라로 소환해서 직접 심문하려고 했던 그 Bd 씨 말인가요?"

"맞아, 미국에서 무엇 때문에 한국에까지 와서 Bd 씨를 거짓말탐지기로 조사하고 갔는지 아니? 미국의 첨단 과학진 팀장들은 거의 유대족 과학자가 많았다. 그들이 자국의 안전을 위해 첨단기술을 이스라엘로 빼돌리니 그 과학자들을 감시하기 시작했는데 과학자들이 감시받는 것을 제일 싫어하잖아. 그래서 이스라엘 과학자들이 대거 이스라엘로 돌아갔지, 그래서 이스라엘이 오늘날 핵을 보유한 과학대국이 된 거야."

"그래서 미국은 어떻게 되었어요?"

"각 분야별로 미 전역에서 과학자들을 다시 뽑았어. 그 명단에 우리 교포과학자들이 많이 들어 있었지. 그런데 미 정부 당국에서는 우리 교포과학자들도 이민족이니 안 된다고 생각했던 거야. 그랬던 것을 로비활동을 잘 해서 우리 교포과학자들이 미국첨단과학진에 대거 선발되어 진입하게 되었다더라. 그때까지도 우리 나라는 식량이 부족해서 미국의 잉여농산물을 많이 수입해 왔는데, Bd 씨의 로비활동 비용도 미 잉여

농산물 수입에서 얻은 커미션으로 충당했다더군."

그때 B 대통령은 Bd 씨를 '국가에 역사적인 큰 공헌을 했다'면서 칭찬했다고 한다. 그들이 모두 자기 분야에서 두각을 내기 시작하여 많은 과학자들이 수석연구원이 되었다.

그런데 북한의 적화야욕을 막기 위해 우리도 방위산업이 시급해졌다. 과학기술과 과학자가 절실히 필요했다. 우수 과학자들을 유치하기 위해 남산에 외인 아파트를 지었다. B 대통령 서거 후 미관상 보기 안 좋다고 Ys가 모두 철거했지만, 우수 과학자들을 유치하기 위해서는 국내 다른 교수들보다 특별히 더 우대를 할 수밖에 없었다.

"그 이유로 적지 않은 교수들은 학생들과 동조해서 반정데모를 선동하기도 했지. 그리고 그 후 정부출연금과 월남파병 감사표시로 준 돈을 합쳐 대한민국 공업발전에 기여할 종합연구소 즉 한국과학연구소(KIST)가 창설되었다는 기사를 보았어."

그 한국과학연구소를 B 대통령이 적극 지원하고 있었다. 장거리 유도탄까지 시험발사에 성공했다. 그리고 B 대통령의 우국충정의 강력한 국방정신과 재미교포 물리학 박사 Lh의 애국심으로 머지 않아 핵무기도 만들 수 있을 것이라고들 했다.

"그런데 아깝게도 불의의 교통사고로 Lh 박사가 먼저 죽고, 그리고 애석하게도 B 대통령도 자기 부하 Kj의 총탄에 서거하고 말았던 거야."

내 무덤에 침을 뱉어라

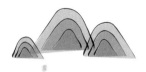

"독재라 불리는 B정권의 유신헌법이 왜 생겼는지 아니? 나는 그 이유를 조금은 알 것 같아. 옛날 내가 초등학교 교사로 있을 때 우리 반에 Q라는 학생이 있었는데, 어느 날 다른 학교로 전학을 가게 되었어. 그래서 그 집에서 담임인 나를 초대해서 갔는데, 그의 아버지가 대통령비서관이었던 거야. 그 분과 같이 대화를 근 2시간 정도 한 적이 있다. 이사를 가는 것도 아닌데 왜 갑자기 전학을 하느냐고 했더니, 공무원이 자녀를 사립학교에 보내는 것이 국민들 보기에 좀 미안하다면서 그때 사회적으로 여론이 분분했던 유신헌법 이야기가 자연스럽게 나왔어."

야당과 많은 국민들이 싫어하는 그 유신헌법을 꼭 만들어야 합니까? 하는 질문에 그는 유신헌법은 곧 중공업 발전이고 중공업 발전은 곧 국방력이라고 말했다. 장기집권을 하기 위해 꼭 해야 한다는 거였다.

장기집권은 야당과 많은 국민들이 정권연장이라고 다 싫어하는데요? 하고 물으니 그래도 할 수밖에 없고 해야 한다고 말했다. 왜냐하면 수레에 많은 짐을 싣고 가파른 언덕길을 힘겹게 올라가고 있는데, 지금

손을 떼면 그 짐수레를 밀고 올라갈 만한 사람들이 아무도 없기 때문이란다. 그러니 그것은 제자리에 있지 못하고, 산 아래 구렁텅이로 곤두박질치고 말기 때문에 좀 더 밀고 올라가 작은 등성이 평평한 고원까지는 올라가서 뒤로 미끄러지지 않게 해야 한다는 것이었다.

전쟁의 폐허 속에서 미국의 무상원조로 먹고사는 마당에 경제부흥으로 소득증대를 위한 산업발전계획을 추진하는 것을 뒤로 미룰 수는 없었다고 했다. 소득이 적어 나누어 줄 것도 없는데 분배 위주의 민주주의만 부르짖고, 국가의 경제발전과 국방을 위한 아무런 비전도 계획도 없이 단지 장기집권을 막고 정권 탈환에만 마음이 쏠려 있는 야당이 경부고속도로 건설과 자동차공장 건설은 부자들의 유람을 위한 건설이라며 절대 안 된다고, 고속도로 건설현장에 나와서 드러누워 있는 마당에 어떻게 정권을 맡길 수가 있겠느냐는 거였다.

고속도로는 먼 훗날 자동차를 포함한 수출품을 실어 나를 운송대로로 꼭 필요하고, 수출대국을 위한 원대한 산업국가의 기초작업이라고 그는 말했다. 그래서 멈출 수가 없을 뿐만 아니라 믿을 수 없는 사람들에게 맡길 수 없다는 것이다.

"그러면 그 고원평지가 어디쯤인데요? 하고 물으니 적어도 1인당 GDP가 만 달러는 되어야 하지 않겠어요? 하는 말에 내가 놀랐지. 참으로 엄청나고 원대한 비전을 가지고 있었다. 그래서 강력한 장기집권을 위한 강압적인, 소위 한국적인 민주주의가 되고 말았던 거지. 그런데 그때 일반 국민들은 국가기관에서 홍보하는 유신헌법 설명을 듣고, 잘 살 수 있다니까 그 유신 헌법을 지지하는 국민들이 점점 많아졌어. 그래서 그 유신헌법 홍보기간이 지나고 찬반을 묻는 국민투표를 실시했는데 압도적인 절대다수로 확정 공표되었던 거야."

그러나 이를 반대하는 야당과 운동권 학생들 그리고 일부 국민들에게는 아무리 국민투표로 확정된 헌법이지만 분명 독재정권의 연장으로 비칠 수밖에 없었다.

"심지어는 가장 가까이에서 돕던 J도 그분의 원대한 꿈을 헤아리지 못하고 미국으로 떠났어. 그래서 데모는 더욱 과격해졌고, 계엄령까지 선포하기도 했지. 불량 깡패들은 순화건설대로, 반정데모꾼들은 수없이 붙잡혀 가서 고초를 당했어. 그래도 군부독재 정권은 강력하게 모든 소요를 제압하면서 무에서 유를 창조하는 경제부흥을 강력하게 밀고 나갔지."

"그때 B 대통령이 무덤 어쩌고 하는 말을 했었는데?"

'내 무덤에 침을 뱉어라'라는 말이었지. 그 말은 호시탐탐 남침을 노리고 있는 북한과, 국가경제 발전과 국방을 위한 아무런 비전과 계획도 없이 장기집권만은 꼭 막아야 되겠다고 정권탈환에만 마음이 쏠려 있는 야당 그리고 유신헌법을 장기집권을 위한 수단으로 볼 수밖에 없는 운동권 엘리트 학생들로부터 강력한 삼면도전을 받을 당시에 나왔던 말이야."

"그러니까 죽은 뒤에 욕을 먹어도 할 건 하겠다는 이야기였군."

"그렇지. 조국근대화를 기필코 이룩해야만 한국의 미래가 있다고 본 B 대통령의 비전 있는 통찰력과 사욕 없는 강력한 경제부흥의 의욕적인 욕망 속에서 내가 죽어 욕을 먹더라도 후손들이 잘 살 수만 있다면 더 바랄 것이 없다는 애국애민적이고 욕심 없는 진정한 양심 아리랑 마음의 굳은 결심에서 우러나온 외로운 독백이었다고 말할 수 있지. 그 얼마나 사심 없는 헌신적이고도 거룩한 아리랑 마음의 결단이었던가."

"그런 내막이 있었구먼."

"그래서 그 짧은 기간에 연간 7만6천 달러 수출에서 2백 배가 넘는 2백억 달러 수출대국으로 끌어올리는 경제건설의 기반을 닦은 경제혁명의 위업을 이룩한 것이다. 그래서 나는 그 대통령을 우리 역사에서 세종대왕, 이순신 장군과 같이 훌륭한 인물이라고 크게 말하고 싶다. 민주주의 시조인 미국 링컨 대통령도 남북전쟁을 막기 위해 주 의회를 재판도 없이 해산했고, 신문사 수백여 개를 폐간시켰다고 한다. B 대통령도 아무런 사욕 없이 오직 대한민국의 안보와 경제부흥으로 앞으로의 국민생활 향상을 위해 그리고 후손을 위해 피치 못하게 애국독재를 했다고 보아도 되지 않을까 싶다."

"애국독재라는 말을 사람들이 받아들일까?"

"이해하면 받아들이겠지. 청렴결백하게 애국충정으로 포항제철소를 만든 아리랑 마음이 강한 Bt 회장은 B 대통령 영전에 드리는 글에서 '철강은 산업의 쌀이며 국력이라는 각하의 불같은 집념과, 10여 차례나 건설 현장을 찾아 주신 지극한 관심과 격려로 포항제철소가 탄생되었습니다'라고 글을 올리며 눈물을 흘렸다고 해."

"그런 시절이 있었군요."

장년의 남자가 고개를 끄덕였다.

"중국 등소평은 B 대통령이 100년에 한 사람 나올까 말까 한 '시대의 영웅'이라고 했으며 7년 사이에 한꺼번에 B대통령, SLb회장, HJj 회장 세 영웅이 나와서 한국 경제에 기적이 왔다고 말했지. 중국에서는 '영웅 박정희'라는 저서가 베스트셀러가 되었고 등소평이 '중국발전의 치침서'로 만들어 개방, 개혁하는 데 참고했다고 해. 그렇게 해서 오늘 날 고속으로 경제를 성장, 발전시켜 G2가 되었던 거지."

"정말 중국이 그랬다고?"

"그뿐인 줄 알아? 러시아 푸틴은 B 대통령에 관한 자료를 모두 모 아 국가발전에 적용했으며, 동양의 네 마리 용 중 싱가포르 이광요도 B 대통령 사상을 이어 받아 국가를 개혁했다고 해. 정부와 정객과 온 국 민이 혼연일체가 되어 민관이 힘을 합쳐 적극 협조한 결과 오늘날 1인 당 GDP 가 6만4천 달러(2013년 기준)가 넘었고, 홍콩은 4만5천 달러 (2013)가 되었으며, 대만도 3만4천 달러(2013년 기준)에 이르는 등 우 리보다 모두 앞섰다. 이처럼 중국과 싱가포르, 러시아도 박정희 사상을 기반으로 경제적으로 크게 부흥되었다고 볼 수 있지."

노인들은 하나 같이 고개를 끄덕이며 그 시절을 회상하는 듯했다. 검 은 옷의 노인이 다시 말을 이었다.

"그러나 당사국인 우리 나라는 그 당시 경제부흥을 위한 장기집권을 반대하는 야당정치인들과 운동권 학생들의 반정데모와 일부 국민들의 적극적인 협조 부족으로 아직도 3만 달러에 미치지 못하고 당파싸움만 계속하고 있는 거지. 그때 싱가포르처럼 우리도 온 국민이 그의 비전을 깊이 깨닫고, 한마음 한뜻이 되어 적극적으로 참여하고 협조하여 제 5 차 경제개발 5개년계획까지만이라도 잘 추진되었더라면 동양의 네 마리 용 가운데 가장 먼저 1인당 GDP가 7만 달러가 훨씬 넘었을 것을..."

"정말 그랬을까?"

"그때 앞을 내다보고 내 욕심을 조금만 더 참고 협력해야 하는 건데 우리가 어리석었던 게 아닌가 싶어. 다시는 그런 좋은 기회를 놓치는 어리석은 일이 없어야 할 텐데 말이야. 잘한 것은 잘했다고 칭찬하고 잘못한 것은 고쳐가도록 해야 더 발전할 수 있는거지."

"아직도 우리의 젊은이들은 그 때의 사회상을 정확히 잘 알지도 못하고, 우리나라가 옛날부터 이만치 잘 살았던 줄 알고 있잖아. 그때 전후 잿더미 폐허 속에서 아무런 사욕 없이 빈곤 퇴치를 위해, 오로지 국가의 미래를 위해, 후손을 위해 짧은 기간에 이룬 경제부흥의 크나큰 업적은 자세히 살펴보려고 하지도 않고 단지 일부 쓰리랑 마음이 강한 쓰리랑들의 말만 듣, 군부독재자로만 알고 있지는 않은가 싶어."

"독재자는 대부분 많은 백성을 학살하고 부정축재자로 사욕을 부리는 사람이지만, B 대통령만은 한 사람도 죽이지 않았고, 아무런 사욕 없이 오직 국민생활 향상과 경제부흥을 위한 어쩔 수 없는 애국독재였다고 말하고 싶어. 독재자 스탈린은 장교만 4,500명을 숲속에서 처형했고, 반항자들을 3000만 이상 죽였고, 히틀러 독재자는 유대인들을 600만 명이나 죽였고, 모택동은 6,500만이나 학살했지. 김일성 일가에서는 2대에 걸쳐 6.25 전쟁으로 200만 명, 굶주림으로 300만 명, 숙청으로 100여 명이나 죽였다고 해."

"맞아. 6.25 당시 남로당 당수로 적극 협력했던 박헌영도 자본주의 물이 들었다고 해서 김일성이 제일 먼저 죽였지. 그뿐이야? 김정은이 자기 고모부인 장성택 일가와 그 추종자들을 포함해서 340명이나 숙청했다는 기사를 보고 정말 놀랐어."

"그건 큰 실수 아니었나 싶어."

"최근 영국주재 북한 대사 망명으로 알게 된 사실이지만 북한은 2인자의 권한이 없으며 어떤 경우에도 핵을 절대로 포기하지 않을 것이고 남침의 기회만 노리며 공포정치를 계속하고 있다고 하잖아. 어제 TV 뉴스에서 보니까 북한에서 또 최측근인 국가보위상 김ㅇㅇ 장군을 전격 해임시켰다네. 새로운 숙청이 벌어질는지 아무도 모를 일이지."

노인네들은 큰일이라는 듯 혀를 찼다.

"그런데 그때 한국의 B 대통령은 한 사람도 죽이지 않았어. 전 정보부장이 죽은 것은 후임 정보부장이 대통령의 지시도 없이 충성과욕으로 죽인 것이고, 재판에서 반공법 위반자가 오판으로 죽은 적은 있었지만, B 대통령 지시로 죽은 자는 한 사람도 없었다고 해."

"그때 죽은 사람들이 꽤 있다고 들었는데 잘못 안 건가?"

"물론 반정부 데모꾼들의 경우에 교화와 정화를 위해 국토건설 노역으로 호된 고생을 한 건 사실이지. 난 그래도 애국 독재자라고 하고 싶어. 그리고 북한의 김일성 일가는 3대에 걸쳐 궁전과 별장이 12개가 넘는다는데, B 대통력은 돌아가신 뒤 달랑 집 한채 밖에 없었다. 그래도 그때 그만한 경제부흥이 있었기 때문에 오늘날 이만치 풍요롭고, 민주주의도 급속도로 발전하게 된 것이라고 말하고 싶어."

"중국의 공칠과삼(功七過三)의 문화가 우리 나라에도 있어야 한다고 봐. 동서고금을 막론하고 아무리 위대한 지도자라도 과오 없이 성공만 있는 영웅은 없어. 중국 등소평은 공산혁명 당시 3,600만이나 사살하고 전국을 통일한 모택동을 공칠과삼의 국가지도자로 추대했지."

"아직까지도 천안문 광장에 대형 초상화가 걸려 있잖아."

"시공을 떠나 누구나 공(功)과 과(過)를 가지고 있다. 과가 있다고 해서 공을 부정해서는 안 되지. 가난의 고리를 끊고 번영된 오늘이 있게 한 공이 있음을 우리 젊은이들이 알아야 해. 밖으로는 공산군과 대치하여 나라를 지켜야 했고, 안으로는 반정데모로 인한 사회혼란 속에서도 국력을 극대화시켜 경제발전의 기반이 형성된 것은 분명한 거지."

세종의 순정이 백성을 살리다

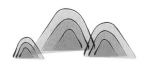

한동안 조용하게 심각한 표정으로 앉아 있던 노인이 불쑥 말했다.

"근년에 중국에서 유행어가 된 마오덩시가 뭔지 알아?"

"그게 뭔데?"

"마오쩌둥은 중국대륙을 통일해서 국가 안보를 이룩했고, 덩샤오핑은 박정희 사상을 모델로 경제발전의 틀을 잡았고, 시진핑은 부패척결로 위상이 치솟아 이 세 지도자를 중국 전 국민들이 존경하는 환호의 소리란다. 우리나라에서도 국가발전과 국민을 위해 가장 위대한 업적을 남긴 지도자를 찾아 존경하고, 그들의 교훈을 이어 받들고 세계 만방에 자랑할 수 있는 유행어를 하나 만들면 어떨까?"

"어떻게?"

"나보고 만들어 보라면 나는 서슴지 않고 '세종의 순정이 백성을 살렸다' 이런 문장으로 만들고 싶어."

"세종은 알겠는데 순정은 무슨 뜻이야?"

"세종은 당연히 세종대왕이고, '순'은 이순신 장군이고, '정'은 박정희 대통령이라고 하고 싶어. 세 분 다 아리랑 마음으로 나라와 백성 특히 서민들을 지극히 사랑하셨다는 공통점이 있고, 백성들을 위해 자신의 마음과 정신과 몸을 아끼지 않고 헌신했다는 점이 같지. 또 세 분모두 일부 국민 반대를 무릅쓰고 오로지 나라와 백성을 위해 애국애민의 의지를 끝까지 추진해 나갔잖아."

"하긴 그렇네."

"그리고 세 분 모두 당대에서는 그 업적에 대해서 일부 정객들이나 백성들로부터 그렇게 높이 평가받지 못했어. 세 분의 위대한 업적을 보면세종대왕은 세계에서 가장 훌륭한 우리의 글 훈민정음을 창제하셨지. 이순신 장군의 업적은 거북선으로 세계 해전 사상 유례가 없는 23전23승으로 왜적을 물리쳤다는 점이야. 박정희 대통령의 업적은 계획적인경제부흥으로 우리나라의 수출실적을 7만6천 달러에서 2백억 달러 수출로 확대시켜 짧은 기간에 국민이 잘살 수 있도록 산업기반을 닦았다는 점에 있다고 봐."

"어이구, 연구 많이 했네? 하하"

"들어 봐. 이 세 분이 이룩한 위업을 반대한 사람들도 많았어. 그 이유를 보면 세종대왕의 한글 창제는 중화질서를 거스르는 이단이라고하여 사대주의 사상에 젖은 정객들과 사대부 양반들이 반대했었지. 이순신 장군의 애국승전을 반대하고 방해한 간신 패거리들은 많은 백성들이 장군을 따르니 왕권이 불안하다고 역적으로 모함하여 왕명을 받아 승전을 방해하고 감옥에 가두었고 말야."

"맞아. 전쟁으로 온 나라가 위급한데 왕 하나만 지키려 들었으니 어이가 없지."

"박정희 대통령의 위업을 반대한 야당과 반정 데모꾼들은 그 분의 빈곤 퇴치와 민족의 미래를 위한 계획적인 경제부흥을 알 수가 없었어. 또 아무리 국민투표로 확정된 적법한 유신헌법에 의한 것이지만, 그것은 분명히 장기집권을 위한 독재정권 연장으로 볼 수밖에 없었기 때문에 그것을 막기 위해 반대했던 거야."

"그때 데모가 많긴 했지."

"세종대왕은 눈병을 무릅쓰고 한글을 만들었고 이순신은 왕의 횡포에 시달리면서도 전쟁을 했어. 박정희는 내 명예가 땅바닥에 떨어지더라도 국민과 후손이 잘살 수만 있다면 '내 무덤에 침을 뱉어도 좋다. 내 일생 조국과 민족을 위하여'라는 마음으로 행동한 거지. 그 세 분들의 헌신적인 애국애민 정신이 오늘날 모든 국민들의 마음속에 점점 굳어져 가고 세계만방에 점점 빛나기 시작할 거야."

훈민정음은 1997년 10월에 유네스코문화유산으로 등재되었다. 또한 유네스코가 세계 각국에서 문맹퇴치사업에 가장 공이 많은 개인이나 단체를 뽑아 매년 시상하는 문맹퇴치 공로상의 이름이 바로 '유네스코세종대왕상'이기도 하다. 한글이 세계화되고 있으며 세계 각국에 세종학당이 생겨나고 있다.

그밖에도 이순신 장군의 문화유산과 거북선, 난중일기라는 기록 유산, 새마을운동의 세계기록유산 등재 등 자랑스러운 유산들이 있다. 우리나라는 또한 최단 기간 내에 산업화 기적을 이룬 나라로 불리기도 한다. 한강의 기적을 배우고자 내한하는 후진국가들이 늘어나고 있으며 새마을 운동이 전파되고 있다.

자동차, IT, 선박 분야의 약진은 물론이고, 전자제품의 수출대국으로 인정 받고 있으며 기적의 시추선 생산과 올림픽 개최국, G20 등정 등 이 모든 것들이 뛰어난 역사적 지도자들의 위업을 바탕으로 이루어졌다고 할 수 있다.

"시간이 갈수록 그분들의 위업이 점점 뚜렷해져서 온 백성들이 점점 더 감사하고 점점 더 고마운 마음이 생겨 높이 받들고, 영원히 추앙하고 싶은 생각이 솟구치는 위대하고 훌륭한 지도자들이지. 이 세 분들의 아리랑 마음과 애국애민 사상을 우리 아리랑 배달민족의 영원한 교훈으로 길이 길이 이어 받들어야 한다고 봐."

"오늘날 우리 대한민국 국민들이 이렇게 고도로 발전된 문화시설 속에서 모든 자유와 권리를 누리며 평화롭고 여유 있게 잘사는 것도 이세 분들의 크나큰 덕택이라고 봐야 하지 않겠어? 누구도 이 세 지도자의 위업을 부인한다면 아리랑 배달민족 대한민국의 국민이 아니지. 진정 국가와 국민을 위해 이보다 더 큰 업적을 남긴 지도자가 있으면 한번 말해 봐."

"맞아, 참으로 나라와 백성들을 사랑하는 마음이 지극한 지도자들이지. 나도 그 세 분을 뽑고 싶어."

"세종의 순정이 백성을 살렸다는 말이 금방 유행어가 될 거야. 그리고 B 대통령도 생전에 세종대왕과 이순신 장군을 가장 존경하고 받들고 좋아했잖아?"

똑똑하고 현명해진 국민들

"예나 지금이나 정객들은 한결같이 당의 실세인 강경파의 의견이 당론으로 기정화되고, 그 실세의 눈에 거슬리지 않아야 출마도 할 수 있고, 정치적인 지위가 유지되지. 그래서 언제나 말로는 국가와 백성을 위한다고 하지만, 실제로는 한결같이 당론의 사자(使者)가 되고 마는 거야. 국가의 이익을 우선하여 자기 양심에 따라 직무를 수행해야 하는 의무도 다하지 못하게 되는 거지. TV에서 보니 다른 당이 연설하면 산만하게 떠들거나 엎드려 졸고 있는 의원도 있잖아."

동양의 성자 인도의 간디는 '원칙없는 정치는 정치가 아니다'고 했다. 민주주의 국가의 정치적 원칙은 당리당략이 아닌 국가와 국민의 안전과 행복추구가 아니던가? 국가발전과 자유민주주의 통일과 국민을 위한 비전은 보이지 않고, 눈앞의 정적만 보이고 위정자들.

정적을 이겨야 내가 살고 출세할 수 있다는 욕심으로 국가 안보와 법도, 백성들의 바람도 잘 보이지 않고 이기적인 주장으로 모든 수단방법으로 가리지 않고 떼쓰며 논쟁만 벌인다.

이제 많은 국민들도 세상 돌아가는 모습을 정확히 알고 있으며 정치인들의 그러한 모습을 무척이나 혐오하고 있다는 사실을 잘 모르는 것일까. 오늘날 방송 매스컴의 발달로 우리 국민들이 얼마나 똑똑해지고 현명해졌는지 알아야 할 것 같다.

"시비를 똑바로 가리지 못하고 백성들의 마음을 아프고 쓰리게 하는 쓰리랑 마음이 강한 정객들은 국민으로부터 지지받지 못함을 알아야 할 거야."

"과거 군부독재 시대에 저항하던 현명한 운동권 엘리트 학생들과 그 후배들이 오늘날 국가사회의 큰 인물들이 되어 정치, 경제, 법조계, 교육, 언론계 등 각 분야에서 주요 역할을 하고 있잖아. 그들 중에는 여당도 있고 야당도 있으며, 아리랑 마음이 강한 엘리트도 있고, 쓰리랑 마음이 강한 엘리트도 있어."

"맞아. 그 시절에 고초를 당해 고통스러웠던 것을 생각하면 참으로 안쓰러운 일이지. 그러나 지금은 독재자가 없잖아. 아리랑 배달민족의 앞날을 위하는 애국애민하는 마음으로 쓰리랑 마음을 버리고 아리랑 고개를 넘어 아리랑 마음으로 돌아와서 함께 숙고했으면 좋겠어."

"먼저 그 당시의 강압적인 독재는 아무런 사욕 없이 오직 경제부흥으로 나라와 국민 모두의 배고픈 가난을 면하고 후손들의 삶을 좀 더 윤택하게 하기 위한 피치 못한 강압적인 영도로 인정하는 거야. 그런 뒤 그때 상처받은 아픈 가슴을 깨끗이 털고, 이제 국민을 사랑하는 마음을 되찾아야 해."

"그래도 그때 힘들었지만 경제부흥은 됐으니..."

"그 덕분에 오늘날 우리가 이만치 국제적인 지위를 갖고, 이렇게 풍요롭고 편리한 문화시설 속에서 잘 살고 있다고 생각하고 아리랑 마음으로 돌아와 기쁜 마음으로 새롭게 출발해야 한다고 봐. 여러 모양과 생각으로 흩어져 있는 이 마음과 저 마음을 하나로 모아 배달민족 아리랑 마을인 대한민국의 국가발전과 자유민주주의 통일을 위한 길로 다가가는 거룩한 위업에 일심으로 협력하고 헌신한다면 더 많은 국민들로부터 더 많은 지지와 박수갈채를 받을 수 있을 거야. 이렇게 대혁신을 해서 새로운 미래를 열어가야 한다고 봐."

"군부독재시대에 저항하던 운동권 엘리트들 가운데 아리랑 마음이 강한 엘리트들은 대부분 B 대통령의 경제적 공헌을 인정하고 자신의 아픔을 풀고 나라와 국민을 위한 평화와 화해, 번영의 길로 돌아왔지. 하지만 쓰리랑 마음이 강한 운동권 엘리트들 중에는 아직도 그때의 고통을 잊지 못하고 있는 사람들도 있어."

"지지도가 점점 줄어드는데 그것도 모르고 더 똘똘 뭉쳐서 아직도 그 위업을 인정하지 못하고 극소수의 불순분자들의 꾀임에 빠져 야합하는 언행을 계속한다면 점점 더 많은 국민들로부터 호응받지 못하게 될 것 같아서 심히 염려가 된다. 어느 손가락을 깨물어도 아프지 않은 손가락이 없듯이 우리 부모님들은 우리 자녀들이 모두 잘 되기를 바라며 늘 사랑하시고 걱정하신다. 아리랑 하느님께서도 우리 아리랑 배달민족을 참으로 공평하게 사랑하시는 분이셔."

조용한 노인이 고개를 갸웃거리며 물었다.

"하느님이 어떻게 공평하시다는 거야?"

"B 대통령은 사욕은 없었다고는 하지만, 반정운동권 데모꾼들을 그렇게 못살게 했는데도 하늘나라에서는 데모꾼들보다 훨씬 더 많은 백성들과 그 후손들을 가난에서 벗어나게 하여 잘살게 한 공을 인정받아 하느님 심판에서 높은 평가를 받은 것이 분명한 것 같아. 그래서 그 아들은 기업 사장으로 손자까지 낳아 잘살게 해 주셨고, 그 딸은 국민의 큰 지지를 받아 대를 이어 대통령까지 당선케 하여, 당신이 다 하지 못한 국가의 염원 통일과 선진국으로 가는 기반을 마련해 보라는 기회를 준 것이 아닐까?"

"그때 반대했던 사람들은?"

"당시 운동권 엘리트 학생들도 국가와 국민을 위한 B 대통령의 원대한 비전을 깨닫지는 못했으나, 그들도 아무런 사욕 없이 오로지 독재정권의 장기집권을 막기 위해 고초를 받은 공을 인정받아 대통령도 되고, 총리도 되고, 장관, 국회의원, 판검사, 고급 공무원과 공기업 사장 등으로 출세하여 오랫동안 천직으로 잘 살아오고 있잖아!"

"그런 셈인가?"

"그렇지. 하느님은 참으로 공평하신 분이시다. 이렇게 하느님도 높이 평가하신 B 대통령의 위업을 이제는 너 나 할 것 없이 모두들 양해하고 우리가 이만치 잘 살게 된 것이 분명히 하느님과 그 분의 덕택이 크다는 것을 인정하고 감사한 마음으로 혁신하여 새롭게 화합하는 새 출발을 해야 하지 않겠어?"

"그래야겠지."

"아직도 쓰리랑 마음으로 내 욕심에 집착하여 계속적으로 고집을 부리면서 아리랑 백성들의 마음을 아프고 쓰리게 한다면 아리랑 하느님이 몹시 섭섭하게 생각하지 않으실까 심히 염려가 된다."

농부가 봄에 씨 뿌리고 여름에 김매고 열심히 가꾸어 가을에 추수하는 풍성한 곡식과 과일은 농부 혼자만의 힘으로 된 것이 아니다. 하느님이 비를 내려 주시고 햇빛을 주셨기 때문에 수확할 수 있는 것이다. 우리 인간들은 스스로 아무리 힘이 강하고 생각이 현명하다고 해도 하느님의 은혜 없이는 하루도 못산다는 사실을 알아야 할 것이다.

천유불측풍우(天有不測風雨) 인유조석화복(人有朝夕禍福)

한 번도 겪어 보지 못하고 처음 살아가는 인생, 되돌아 복습할 수도 없는 단 한 번밖에 없는 이 짧은 인생에서 지나친 나의 욕심이 하늘나라 영생에 얼마나 큰 짐이 되고, 얼마나 큰 흠이 되는지 알지 못하는 우리들 인생이 아니던가?

우리 인간세상에서 저지르는 그릇됨은 모두가 쓰리랑 마음 즉 욕심에서 나오는 것이다. 똑같은 샘물이라도 소가 먹으면 우유가 생산되어 사람들의 귀중한 양식이 되지만, 독사가 먹으면 독소가 생산되어 사람들을 해치기도 한다.

우리 인간들도 똑같은 사회에서 살아가는 인생이지만 경천애인(敬天愛人)하는 아리랑 마음으로 바르게 생각하고 선하게 살아가는 아리랑이 되어 살면 자업자득의 선보(善報)로 복을 받아 기쁘고 행복한 삶을 살다가 하늘 나라 고향인 아리 마을 곧 천당으로 돌아가 아리랑으로 영생할 수 있게 된다.

쓰리랑 마음으로 부정한 욕심을 부리며 불평하고 반감으로 서로 미워하며 다른 사람의 마음을 아프고 쓰리게 하는 쓰리랑이 되어 그릇된 행위를 하면 자업자득의 업보로 하느님의 심판에서 고통스런 영생의 지옥으로 가게 된다고 한다.

죽음을 '돌아가셨다'라는 말로 표현하는 곳은 아마 우리나라밖에 없는 것으로 안다. 인생이란 우리 배달민족의 본향 아리 마을인 천국으로 돌아가는 배달민족 아리랑의 나그네길이 아니던가? 지나친 욕심을 버려 짐을 가볍게 하고 선행하여 보물은 영생할 수 있는 하늘창고에 쌓아야 할 것이다.

어느 날 쓰리랑 마음이 강한 악당 세 명이 산길에서 여자 버스기사를 성폭행하는 사건이 벌어졌다. 한 청년이 이를 보고 말리다가 죽도록 얻어맞고 있었지만 승객들 아무도 돕는 사람이 없었다.

악당들에게 성폭행을 당한 버스 기사는 다시 출발하면서 그 청년을 차에서 내리라고 했다. 어이가 없어진 청년은 화가 나서 당신을 돕다가 죽도록 맞았는데 왜 나를 내려라고 하느냐, 하고 항의했으나 여자 기사는 그의 짐을 밖으로 던져버렸다. 그리고는 짐을 찾으러 내린 청년을 내버려 두고 출발했다.

청년은 할 수 없이 다친 몸으로 절뚝거리며 걸어야 했다. 얼마나 걸었을까? 한참 시간이 흘러 고개를 넘는데 아까 그 버스가 높은 절벽에서 떨어져 모두 죽어 있는 모습이 보였다. 그제야 청년은 그 버스기사의 참뜻을 알고 묵도를 했다.

하느님 앞에서 죄를 짓지 않은 사람이 어디 있겠는가. 모두가 죄인이지만 아직은 죽지 않고 살아 있다면 아리랑 하느님께서 예수님의 사랑과 부처님의 자비로 속죄하라는 기간을 준 것이니 서로 용서하고 서로 사랑하여 하느님의 심판에서 영생의 짐을 좀 더 가볍게 하라는 뜻이 아닐까 싶다. 부디 영생의 짐을 줄이는 데 힘써야 하지 않겠는가?

위험을 무릅쓰고 고위직 간부들의 부패를 척결하고 있는 시진핑이 중국 13억 국민들의 신뢰와 존경의 환호성을 받으며 대국의 질서를 잡아가고 있다. 그런데 우리 대한민국의 법질서와 사회 실정이 너무나 대조적이라 참으로 서글프다.

제발 이제는 우리도 경천애민 사상으로 쓰리랑 마음을 버리고 아리랑 고개를 넘어 아리랑 마음으로 돌아와서 부패척결의 공정한 공권력이 온전하게 살아났으면 싶다. 그릇됨에 편들지 않고 아리랑 마음으로 그릇됨을 억제해야 할 때가 왔다.

그리하여 아리랑 마을의 안전과 수출증대 그리고 경제발전과 아리랑 자유민주주의 통일과 아리랑 백성들의 복지를 위해 여야가, 노사가, 남녀노소가 다 같이 일심으로 노력해야 할 좋은 시기가 아니겠는가? 이것이 온 국민들의 바람이며 아리랑 배달민족의 숙명이고 아리랑 하느님의 뜻이니라.

노숙자와 자살자

아들과 함께 앉아 있던 노인이 말했다.

"우리나라도 스웨덴의 국회의원들처럼 관용차 없이 자전거로 출퇴근하고, 비행기표도 가장 싼 3등표로, 방 한 개에 세 명의 의원이 같이 사용하고, 면책특권도 없애면 좋을 것 같아. 모든 특권과 세비도 줄이고 말이야. 이렇게 국가와 국민을 위해 봉사하는 직업으로 만들어 국가와 국민의 이익을 위한 의견만 제시하고 협의하는 명예회원제로 만들면 어떨까? 그러면 야권도 여권도 없이 이권 없는 봉사이니 진정 국익을 위해 노력하지 않을까?"

"유신헌법을 반대했던 모 도지사는 얼마 전 자유민주주의 대한민국을 세운 L 대통령과 경제번영의 토대를 닦은 B 대통령을 높이 평가하며 동상을 세우자고 주장했잖아. 그분의 위업을 늦게나마 깨닫고 아리랑 마음으로 돌아온 거지. 지금도 늦지 않았어. 모든 정객들이 아리랑 마음을 가지고 국시를 무시하는 불순분자들을 멀리 하는 올바른 정객들이 되어야 해. 서로가 서로를 인정하면서 협력하고 한마음이 된다면 국민들의 지지를 더 많이 받을 것이고, 그 이름이 역사에 길이 길이 남을 거야. 자유민주주의 아리랑 마을의 통일도 훨씬 더 빨리 이루어질테고 말이야."

"그런데 지하도에 노숙자들이 왜 그렇게 많은 거죠? 그들은 왜 노숙자가 된 거에요? 전에는 그렇게 많지 않았던 것 같은데..."

이야기를 듣던 노인의 아들이 물었다.

"IMF 때 사업을 하다가 망한 사람이든지 아니면 그때 빚을 지고 집에 들어가지 못한 사람들이지."

"IMF가 왜 생겼다고 보세요?"

"그야 그 당시 기업과 은행들이 과대 융자와 초과 대출로 불안정했고, 외화보유고 관리를 잘못해 달러 부족으로 수입도 수출도 할 수 없게 되어 벌어진 일이지. 게다가 당시 몇몇 기업들이 산업자본으로 부동산 투기를 하는 등 여러 가지 원인으로 생긴 일이잖아. "

"다른 원인이 하나 더 있지. 우리 나라의 몇몇 금융사들이 달러 장사를 하다가 부도가 더 커졌다는 말도 있었어."

"아니, 그게 무슨 말입니까? 달러 장사를 어떻게 했다는 겁니까?"

"내가 듣기로는 그 당시 태국이 화폐를 바트화로 바꾸면서 중국처럼 고정환율제를 시행하자 달러가 썰물처럼 빠져나갔다고 해. 황급히 다시 변동환율제로 환원했지만 환율은 급속히 치솟았고, 그로 인해 아시아 여러 나라가 덩달아 환율이 치솟았다는 거야. 그때 쓰리랑 마음이 강한 약삭빠르고 이기적인 몇몇 우리 금융사들이 노동 없이 부를 노리는 욕심으로 미국으로부터 저리로 단기차입금을 과도하게 들여와서 그 아시아 나라들에 장기로 빌려 주고 이익을 보고 있었지."

"나도 들었어. 그러던 중에 HB 등 큰 기업들이 어떤 이유 때문인지, 아마 정경유착으로 정치자금이 유출되서 그런 게 아닌가 싶은데, 재정 악화로 부도가 나기 시작했어. 한국에서도 덩달아 불안감을 느껴 달러가 썰물처럼 빠져나가게 되니 우리 나라도 그만 외환위기에 봉착하고 말았다는 거야."

"맞아. 장기로 빌려 준 돈은 받지 못하고, 단기로 빌려 온 돈은 갚아야 하니 부도가 날 수밖에 없었을 거야. 그 여파가 커져서 부도수표가 넘쳐나고, 자금난으로 수많은 기업들이 문을 닫아 파산한 실직자들이 엄청나게 생긴 거지. 그래서 급하게 IMF 구제를 받게 된 거 아냐?"

"그때 부족한 달러를 만들기 위해 금 모으기 운동을 거국적으로 전개했었잖아요?"

"맞아. 나도 그때 금반지 몇 개를 팔았어."

"그래도 그때 온 국민이 한마음으로 IMF 빚을 최단기간에 갚고 경제를 되살리기는 했지만, 아직도 그때 파산해서 빚을 다 갚지 못한 사람들이나 실직자들이 지금까지 회복하지 못한 채 가정으로 돌아가지도 못하고 노숙을 이어 오는 것이 아닐까?"

"그것도 문제지만 요즘 자살하는 사람들이 왜 이렇게 많은 거야? OECD 국가 중에서 제일 많다는데. 그리고 우리 동네 B 씨도 신용불량자가 되어 은행 융자가 안 된다고 하던데 신용불량자들이 왜 이렇게 많이 생긴 거야?"

"IMF 때문에 빚진 사람들이 그 빚 때문에 자살해서 그렇게 된 거 아니야?"

"맞아, 그 영향이 크다고 봐야지. 어느 해인가, 정부에서 금융거래 정상화와, 차명을 이용한 불법이윤을 없애고, 또 거대자본에 대한 이자에 세금을 부과하기 위해 예금실명제가 실시되었잖아. IMF 이후 외환위기로 인한 경제불안과 그 이자에 대한 세금을 안 내려고, 그 많은 자본이 모두 지하로 숨어버리고 말았지."

"맞아. 그랬어."

"그래서 정부에서는 자금수급의 원활, 경제활동의 활성화 능 금융개혁을 위해 지하에 숨어 있는 자본을 밖으로 끌어내 양성화하여 불법적인 사채 암시장을 없애고, 또 거대자본에 대한 이자에 세금을 부과해야만 했지."

"그래서 어떻게 했는데?"

"정부에서는 부득이 한 때 그 이자제한법(연4할 이하)을 폐지하고 말았던 거야. 그래서 이자 놀이를 합법적으로 할 수 있는 고리대금업자들이 우후죽순처럼 생겨나 한때 2만9천여 개에 이르렀다고 해. 그들은 무려 연리 60%~200%에 이르기까지 무제한 폭리를 취했지."

"말도 마. 그 사람들이 폭력배들까지 앞세워서 빚에 시달리는 채무자들, 영세기업인과 서민들을 닦달하는 저승사자가 된 거 아니냐고."

"수많은 채무자들이 빚에 시달리다 못해 가족들의 생계라도 지키기위해 자살로 빚을 갚는 일이 비일비재하게 된 것이지. 그래서 자살하는자가 수도 없이 많아진 거야. 그 후에 나라에서는 그 횡포를 막기 위해, 이자제한법을 3년 만에 다시 부활시켜 완화는 되었지만, 그 때 그 빚이 아직도 남아 있는 것 같다."

"그리고는 내수경기부양책으로 구매력을 촉진시키기 위해 신용카드를 남발하기에 이르렀지. IMF 때 빚진 사람들과 그 가족들 그리고 허영에 들떠서 명품 브랜드만 찾던 몇몇 사람들이 신용카드를 남용하여 빚을 카드로 돌려 막기 시작하였으나, 빚과 이자만 늘어나고 갚지 못하니, 신용불량자가 무더기로 속출하고 말았던 거지. 그래서 아직도 빚 때문에 사람을 죽이고 자살하는 사람들이 끊이지 않고 있는거야."

"세상에나 아직까지..."

"맞아요. 그때 파산한 자와 실직한 자들 중에는 가정이 깨져 뿔뿔이 흩어진 사람도 있었는데, 그 사람들 중에 나이가 들어 빈곤과 질병으로 독거노인이 되어 자살하는 사람도 늘어난 거지. 그 자식들도 겨우 취직은 했으나 비정규직으로 힘을 펴지 못하고 살기가 어려우니 부모를 도울 능력도 없고 말야."

"그래도 키워줬으면 부모를 모셔야지, 에잇"

"자식들한테 도움을 받지 못하고 생계에 시달리다가 병들고, 견디다 못해 자살하는 사람들이 늘어난 거야. 이런 것들이 다 암울한 사회현상의 원인이 되었다고 봐요. 조금 여유 있는 노총각들은 국제결혼이라도 하는데, 생계가 어려워 결혼도 못한 노총각들 중에는 정신이상자가 되어 성욕을 참지 못하고 성폭력을 저지르는 사람들도 생겼잖아."

"피해자는 또 무슨 죄야. 수치심으로 인해 자살을 하기도 하고, 또 불법행위로 큰 죄를 짓고 피해 다니다가 죄가 드러나 한강에 투신자살하는 사람들도 있지. 미성년자 성폭행도 큰 사회문제고 말야. 아무튼 이런 것들이 다 자살이 그렇게 많아진 이유겠지."

"정부에서도 그때 불법사채 암시장을 막고 경제위기 극복과 금융개혁을 위해 여러모로 긴급 처방을 강구하여, 지하에 숨어 있는 자본을 밖으로 끌어내는 데는 성공했다고 봐. 그렇지만 IMF로 빚진 영세한 기업채무자나, 영세 서민 채무자들에게는 오히려 더 큰 고통으로 몰아넣은 꼴이 되어, 자살이 더 많아졌다고 볼 수 있지. 그래서 재야 지도자인 Bgwn 씨가 말하길, B 대통령은 나 같은 데모꾼들만 못살게 했지만, 다른 지도자들은 더 많은 국민들을 괴롭혔다고 말했던 거야."

"그런 얘기를 했었구먼."

"IMF로 인한 채무자를 자살로 몰아가는 폭력적인 채권독촉은 말할 것도 없고, 학교에서 자살로 몰아가는 왕따와 학교폭력을 방지하기 위해서라도 강력한 법질서 확립과 교권 재확립이 미래 복지사회를 위해 절대 필요하다고 봐."

"적어도 북한은 노숙자는 없을 것 아니야? 외국인 보기에 좀 창피한 것 같아."

"북한에도 노숙자가 있어, TV에서 못 봤어? 꽃제비라고 불리면서 노숙하는 어린이들이 참 많아."

"그 어린이 노숙자가 왜 생겼는데?"

"북한에서 온 사람들의 말을 들어 보면 탈북자가 붙들려간 뒤에 아이들만 남아서 꽃제비가 되는 거지. 또 북한은 성분에 따른 철저한 계급사회라 성분이 낮은 인민들은 직업 선택의 자유가 없어 좋은 직업을 갖지 못하고 조금만 잘못하면 계급의 원수로 몰아 정치범 수용소로 보내니까 부모 없는 고아가 참 많다고 해. 이 아이들이 꽃제비가 되어 거리에서 헤매다가 병들고 얼어 죽기 일쑤래."

햇빛정책은 어떻게 되었나?

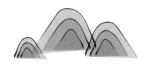

"그런데 예전의 그 '햇빛 정책' 은 지금 어떻게 된 거지?"

등산스틱을 든 노인이 물었다.

"독일의 장벽이 무너지고 통일이 되고 나니까 이제 분단국은 오직 우리나라밖에 없게 된 거야. 우리도 통일이 되어야 하는데, 무력통일은 희생이 너무 클 것이고, 또 흡수통일은 독일처럼 남한이 북한을 먹여살려야 하는 경제적 부담이 너무 크겠지. 그래서 DJ 정권은 '햇빛 정책을 발표하게 된 거야. 자유의 따뜻한 햇빛을 많이 받으면 무거운 투구를 벗을 것이라고 생각을 했지. 적대감정을 버리고 동족애를 가지고 평화적으로 민족통일을 해 보자는 북한포용정책의 발상으로 인해 남북정상회담이 평양에서 열리게 됐어."

"아, 나도 기억나네."

"남북정상회담에서 첫째, 남북문제는 자주적으로 해결하고 둘째, 당장 실천할 수 있는 일을 합의하며 셋째로 이산가족 방문단을 교환할 것 등을 합의했어. 이것을 국제사회에서는 세계평화에 영향을 끼쳤다고 보았지. 군부독재에 저항하며 민주주의를 위해 헌신했다고 본 거야."

"그래서 노벨평화상을 받은 거 아냐?"

"그렇지. 우리 나라 최초의 노벨상 수상자가 되었지. 그 햇빛정책은 북한을 포용하자는 정책으로 다음 Nm 정권까지 이어졌어. '남북의 화해를 위해 최대한 도와도 손해가는 장사가 아니다'라고 할 만큼 북한을 위해서 우리의 세금으로 식량, 비료, 건설장비, 의료시설, 의약품, 농업기술, 달러 할 것 없이 수많은 물자들을 부담했지. 그리고 이산가족 상봉, 금강산관광, 철로 육로 개통, 개성공단건설, 올림픽 공동입장 등 남북화해를 위해 다각도로 노력한 거야."

"그때 참 화해무드였지."

"하지만 그 모든 것들 가운데 불쌍한 북한 주민들에게 돌아간 혜택은 아주 적고, 남한과의 화해는커녕 북한은 오히려 금강산 관광객을 사살하고, 핵실험으로 핵무기를 만들고, 유도탄을 발사하는 행동을 한 거야. 서해교전으로 많은 우리 젊은 장병들을 전사하게 하고 천안함 폭침과 연평도 포격까지 했지."

"은혜를 원수로 갚은 셈이구먼."

"그렇지. 아직도 불바다 운운하며 유도탄을 쏘고 으름장을 놓으면서 남한뿐만 아니라 미국까지 협박하고 있는 걸 보면 그들의 적화야욕은 조금도 변함이 없는 것 같이 보인다. 결국 햇빛정책은 실패한 것이 아닐까?"

"그 원인은 무엇이었을까?"

"중국의 동북공정을 조심하고 핵은 절대 포기하지 말라고 한 김정일의 유언을 보면 알 것 같아. 원인은 상호신뢰가 없이 일방적인 후원이었기 때문이 아닐까? 다시 말하면 우리 남쪽 마을에서는 아리랑 배달민족의 동족애로 인도적 입장에서 도왔다고 하지만 그들 북쪽 마을의 입장에서는 핵무기가 있으니까 자기네들의 일방적인 주장으로 요구하고 협박하면 무조건 따라준 것으로 생각하고 있었기 때문이 아닐까 싶어."

"지금도 그 버릇이 남아서 유도탄 몇 방 쏘며 요구하면 무조건 들어줄 것으로 알고 있는 것은 아닐까?"

"남북회담 전에 보면 회담에서 우위를 점하기 위하여 유도탄 실험발사부터 하고 나오잖아. 주한미군이 철수하면 언제든지 적화통일이 가능하다고 보고 있는 거지. 결국 Dj도 Nm도 북한 수령에게 완전히 속은 것이지."

"맞아, 옛날에 탈북한 황장엽 씨도 '남북 문제는 자주적으로 해결' 하자는 것은 미군 철수를 전제로 하는 즉, 미군만 철수하면 남한을 접수하겠다는 의도가 담겨 있다고 했어."

"우리나라도 언젠가는 아리랑 배달민족의 동족으로 통일이 되어야 함은 당연한 일이야. 그런데 국민들이 자유민주주의 국가로의 통일을 원할까? 아니면 공산주의 국가로의 통일을 원할까? 물론 대다수는 자유민주주의 국가로의 통일을 원하겠지. 그러나 종북 세력들은 공산주의 국가로 통일되기를 원하는지도 몰라."

"에이, 설마 그럴 리가 있겠어?"

"아무튼 탈북자들의 말을 들어보면 절대로 공산 치하로 통일이 되어서는 안 된다고 봐. 그들이 제일 잘 아니까. 왜냐하면 우리 나라는 좀

은 국토에 인구만 많고 자원도 별로 없는 나라잖아? 오직 기술과 인력으로 외국으로부터 자원을 수입 가공하여 새로운 과학기술로 새로운 물건을 생산하고 수출해야만 먹고 살 수 있는 가공무역수출국가이지. 수출을 많이 해야 살 수 있는 거야."

"그래서 수출입이 원활할 수 있도록 즉, 국제사회에서 모든 자유와 권리가 보장되는 국제시장경제 자유민주주의 국가로 통일이 되어야 수출을 많이 할 수 있고, 잘살 수 있겠지. 만일 적화통일로 공산주의 국가가 된다면 어떻게 될까? 한번 생각해 보자."

북한은 세금도 없고 무상으로 치료를 받는데다 무상으로 교육을 받는 지상낙원이라는 선전에 속은 수많은 재일교포들이 희망을 갖고 북송선을 타고 북한으로 많이들 갔다. 그런데 그 곳에는 자유와 마음의 평화가 없다는 사실을 몰랐다.

북한학 교수가 쓴 〈북한 실정〉이라는 책에 보면 북한은 주체사상을 세계관으로 해서 수령에 대한 끝없는 충성심을 몸소 실천하는 힘을 기르기 위해 생후 1년 6개월부터 탁아소, 유치원, 소학교, 중학교에 이르기까지 모두 의무집단교육을 받는다고 한다.

또한 조직집단주의를 강조하여 소년위원회, 청년동맹, 직맹, 농근맹, 여맹, 노동당 등 모든 인민을 조직화하여 그들을 공산당이 지휘통솔하고 감시한다. 무상으로 교육하고 치료하는 모든 시설과 사업은 비용과 운영 모두 공산당에서 담당한다.

북한 공산주의 사회는 전체적인 평등공동생활과 공동분배가 기본이라 국가에서 학비와 세금을 받지 않는 대신 모든 재산과 시설은 물론 생산되는 모든 농산물과 공산품에서 얻은 모든 수입까지 전부 국가소유가 된다.

그래서 모든 식량도 국유화되어 인민에게 공동분배하는 배급제로 나누어 주고 있다. 다른 공산주의 국가의 경우 경제만큼은 시장경제로 운영되는 경우가 많은데 유독 북쪽 마을에서만 식량까지 배급제로 유지하고 있다. 그것은 반항과 데모 같은 것을 막고, 수령에 대한 끊임없는 충성심을 강조하기 위한 수단이 되기 때문이다.

만약 적화통일이 되어 공산주의 국가가 된다면 제일 먼저 남한의 모든 재산을 동결하여 국유화되고 사유재산을 인정하지 않게 되니, 남한의 대소기업과 돈 많은 국민들은 모두 자기 재산을 보전하기 위해 옛날 재 남침의 우려로 '이민 붐'이 일어났던 것처럼 공산화되기 전에 미국과 호주, 캐나다 같은 큰 자본주의국가로 이전해 갈 것이다.

기업들이 없으니 수출할 수출품도 없을 뿐만 아니라 수입할 국가도 없을 것이니 1인당 GDP는 천 달러 이하로 다시 곤두박질 할 것이고, 집과 땅 등 모든 재산도 몰수되어 국가 소유가 되기 때문에 마음대로 사고 팔 수가 없게 된다. 연금과 저소득 영세민 생활후원금도 모두 정지될 것이다.

북한의 지도자들은 6.25 전쟁을 휴전으로 끝낸 뒤 남한에서 그들의 전쟁을 적극 도와 힘써 준 남로당 당수 박헌영을 제일 먼저 처단했다. 그 까닭은 무엇이었을까? 재일 북송교포들도 자본주의 사상의 물을 빼고 그들끼리의 비판과 소통을 막기 위해 북송되자마자 뿔뿔이 흩어 놓은 것을 보면 알 수 있다.

"친북 세력들이 가끔 손님으로 방북했을 때는 종북세력으로 최대한 잘 이용하기 위해 극진히 대우하지만 적화통일로 완전히 공산당 치하가 되고 나면 틀림없이 남쪽의 종북세력과 기자들부터 박헌영처럼 숙청할 것이 뻔하다.

왜냐하면 자본주의 사상에 젖어 남쪽 정부에 그렇게 반항하던 종북세력들과 정부의 부정을 그렇게 강력하게 까발릴 수 있는 자본주의 사상에 찌든 기자들이 혹시라도 북쪽 주체사상의 비리를 까발리고 반항하게 될까 봐 가장 먼저 없앨 것이기 때문이다.

그리고 불교와 천주교, 기독교 등 모든 종교인들도 최하위 계급으로 떨어져 감시를 받고 숙청당하게 될 것이다. 평민인 우리 남쪽 시민들도 자본주의 사상에 젖어 잘 먹고 잘 살았으니, 그 자유로운 자본주의 사상의 물빼기 작전으로 북쪽의 각 집단농장이나 아오지 탄광 같은 집단작업장으로 뿔뿔이 흩어지게 만들 것이다.

지금 살고 있는 남쪽 내 집에서 내가 살지 못하고, 북쪽 공산당 당원들이 할당되어 살게 될 것이다. 모든 것이 북한 공산당의 지시대로 감시받으며 자유도 없이 살아가야 할 것이다.

"그러면 지금보다 훨씬 더 살기 어려워지겠네."

"그러니까 말이야. 어쩌자고 종북세력들 그리고 그들과 손잡는 자들은 두려워하지 않는지 모르겠어. 공산주의 종주국인 러시아도 스스로의 오류를 깨닫고 수출을 증대하여 자국민의 경제적 복지를 위해 자유민주주의 시장경제로 전환되었고, 중국도 공산당이 지배는 하지만 경제는 시장경제 수출 증대로 전환되었는데…"

"오직 북한만이 국제사회에 경제 개방도 하지 않고, 김일성주체사상으로 공산당 수령이 대를 이어 김정은이 단독 지배하는 공산주의국가가 되었으니 참"

북한에서는 남자는 10년, 여자는 7년이라는 장기간의 군복무를 마쳐야 하고 집단농장과 집단작업장에서 공동으로 노동을 해야 한다. 국가로부터 식량을 배급받는 공산주의국가에서 자유도 없이 젊은이들이 좋아하는 스마트폰으로 SNS와 인터넷, 게임도 못하면서 살아야 한다고 생각해 보자. 데모도 못하고 언론, 출판, 직업, 종교와 여행, 거주이전의 자유와 권리도 없이 어떻게 살아갈 수 있겠는가?

"신선한 공기 속에 살면서 공기의 소중함을 못 느끼듯, 자유로운 나라에 살면서 자유의 소중함을 느껴 보지 못한 우리 젊은이들이 그런 곳에서 자유도 없이 살 수 있을까 몰라?"

검은 옷을 입은 노인이 말을 이었다.

"전라도 말로 하면 요즘 젊은이들이 고것까지는 몰랐지라. 앞으로 쪼개 조심해야 되재, 응?"

"경상도 말로 맞소, 그거 요즘 젊은이들이 몰라서 그랬재, 앞으로는 어수로 조심해야 안되겠는교."

"충청도 말로 맞아유. 요즘 젊은이들이 그런 것을 잘 몰라서 그랬시유. 앞으로는 엄청스레 조심해야지유."

돌아가면서 농담을 던진다. 통일 비용을 줄이기 위해서는 상호간의 경제적 격차를 줄이야 한다. 그러기 위해서는 북한도 남한처럼 국제사회에 개방하여 우수한 인력과 지하자원을 이용하여 산업을 적극 발전시켜 수출증대에 노력해야 한다. 그런데 산업발전에는 관심이 적고, 오직 핵무기와 유도탄 개발에만 치중하다 보니 남북간의 GDP 격차가 점점 커지고 북한 주민들은 점점 더 살기가 어려워지고 말았다.

제五장

통일고개를 넘어

미래로

제 5장 / 통일고개를 넘어 미래로

기능올림픽에서 연승하는 한국

　우리나라 사람들은 다른 나라에 비해 손재주가 뛰어나다고 한다. 그 이유에 대해 생각해 본다. 우리는 모르는 것을 알아내고 배우는 것을 일러 공부라고 한다. 그 공부를 한자로 쓰면 '工夫'인데 '工'은 장인 공으로 도공, 목공 등 장인들의 재능과 기술을 말하는 것이다. '夫'는 지아비 부로 농부, 광부, 어부 등 사람을 의미한다.

　우리 조상들은 어떻게 해서 공부라는 말을 이와 같은 한자에서 빌려 썼을까? '工夫'라고 하면 중국 사람들은 공장에서 일하는 인부로 생각할 것이다. 이처럼 천한 일로 볼 수도 있는 글자를 어떻게 배운다는 말로 받아들였을까? 생각하면 할수록 참으로 조상들의 현명함을 알

수가 있다.

한국에서는 '공부=工夫'요, 일본에서는 '뱅꾜=勉强'이고 중국에서는 '듀넨=讀念'이며 영국에서는 '스터디=study'라고 한다. 뜻은 모두 '공부하다'인데 그 어원을 살펴보면 참 재미있다.

일본의 '벵꾜=勉强'에서 '勉'은 힘쓸 면이고, '强'은 강제할 강자로서, 공부를 '강력하게 힘쓰는 것'으로 보았다. 하기 싫어도 해야 하는 것이 공부라고 생각했기 때문에 강제적인 노력과 육체적인 면을 강조하고 있다.

그런데 '심부재언(心不在焉)이면, 시이불견(視而不見)이요, 청이불문(聽而不聞)이며 식부지기미(食不知其味)'라는 옛 말이 있다. 사람이 어떤 일에 마음이 없으면 보아도 보이지 않고 들어도 들리지 않으며 먹어도 그 맛을 모른다는 뜻이다. 공부는 정말로 스스로 하고 싶어서 해야 더 효과가 크지, 억지로 시키는 공부는 학습 효과가 적고 곧 싫증이 나는 법이다.

'듀넨=讀念'에서 '讀'은 읽을 독이고 '念'은 생각할 념으로, 중국인들은 '읽으며 깊이 생각하는 것이 공부'라고 생각했다. 중국에서는 귀족과 상전들만 공부를 하고 서민과 천민들은 하지 않았기 때문에 육체적인 면보다는 지적인 면을 더 강조했던 것이다.

영국의 'study'는 그 뜻이 비교적 많다. 첫째, To spend time learning about something, 어떤 것을 배우기 위해 시간을 소비하는 것, 둘째, To act of learning about something, 어떤 것을 배우기 위해 행동하는 것, 셋째, To look at something very carefully, 어

떤 사물을 자세히 살펴보는 것, 넷째, To get knowledge, to skill, to find out, to understand 즉 지식이나 기능을 얻기 위해 무엇을 살펴보고 알아내는 것, 또는 이해하는 것을 말한다. 그러니까 영어권에서는 모든 것이 공부라고 생각하여 지적인 것과 육체적인 면이 동시에 포함되어 있다. 비교적 우리의 공부와 가깝다고 볼 수 있다.

끝으로 우리의 말 공부를 자세히 살펴보면, '도자기를 만드는 사람의 노력, 즉 도공처럼 생각하고 행동하는 모든 것이 다 공부다' 라는 뜻으로 해석된다. 도자기를 만드는 사람은 어떤 흙이 좋을까? 가장 좋은 점토를 찾아다녀야 하고, 어떤 점토로 어떤 모양, 어떤 크기로 무엇을 빚을지, 어떤 그림을 어떻게 그려야 할지 생각해야 한다.

또 어떤 도료를 사용해야 도자기에 아름다운 색이 나올지, 유액은 어떤 것으로 몇 번 칠하는 것이 가장 좋을지, 가마는 어떻게 만들며 어떤 땔감을 이용해서 몇 도의 화기로 얼마 동안 때야 할지 고민해야 한다.

그뿐인가? 불을 지피기 전에는 깨끗하고 아름다운 혼을 도자기에 불어 넣기 위하여 아무리 추워도 깊은 산속 깨끗한 물에서 목욕재계 하고서야 비로소 불을 지핀다. 그리고 잠도 자지 않고 불을 땐다. 그 과정 하나하나를 익혀 나가는 것들 모두가 공부라고 생각했던 것이다.

공부는 깊이 생각하는 머리와 오랜 세월 숙달되어 가는 기능, 숙련된 솜씨로 보다 더 우아하고 아름다운 색과 모양으로 신비스러운 도자기를 기대하며 문제를 해결하고 노력하는 열정, 그리고 온 정신과 혼이 깃드는 모든 과정이다.

그것은 누가 강요해서가 아니라 스스로 하고 싶고 기쁜 마음으로 경지에 오르고 싶은 마음과 정성이 없으면 불가한 일이다. 결국 우리의 공부는 지적이고, 육체적이고, 정서적이고, 정신적인 혼까지 들어가는 과정이라고 말할 수 있다.

그래서 무에서 유를 창조할 수 있는 것이며 무한히 발전할 수 있는 창의력이 내포되어 있는 것이다. 즉 우리의 공부는 창조하는 연구이다. 우리 조상들은 오늘날 세계인들이 그 신비로움에 감탄하고 있는 세계에서 가장 아름다운 명품 고려자기를 탄생시킨 공부를 했다.

또한 우리의 할아버지와 아버지들은 산업화 역군이 되어 전쟁의 폐허에서 그 짧은 기간에 세계기능올림픽에서 무려 18번이나 계속 패권을 잡는 공부를 했다. 국민 일인당 GDP가 고작 76달러밖에 안되던 우리 나라가 불과 46년 만에 2만4천 달러로 급성장을 할 수 있었던 것도 공부를 잘한 덕택이다.

제철, 조선, 전자반도체, 자동차 분야를 무에서 시작해 세계적인 거두 국가로 발전하고, 교역량으로 세계 12위로 뛰어오른 나라는 동서고금을 막론하고 우리나라밖에 없다. 그것은 오직 우리가 창조하는 '工夫'를 했기 때문이 아니겠는가?

우리는 여기서 만족하지 말고 모든 젊은이들이 대를 이어 위대하고 거룩한 아리랑 배달민족, 자유대한민국을 창조하고 발전해 나가는 데 줄기차게 노력해 나가야 하지 않겠는가? 아리랑 하느님과 우리의 조상님들, 산업화 역군들과 산업화의 기반을 이룬 우리의 지도자 B 대통령 그리고 Lb회장과 Jj회장과 같은 선구자들께 감사하는 마음으로 국가 사회를 위해 봉사하는 홍익인간들이 되어야 할 것이다.

아리랑 마음으로 통일고개를 넘자

"그동안 엄청난 일들이 많이 있었지. 그러면 앞으로 우리는 어떻게 해야 될까?"

"이제는 온 국민이 남남갈등으로 분열하지 말고, 한마음이 되어 정치만 잘하면 선진국으로 금방 진입될 것 같은데 말이야. 몇 년 전에 어느 여론조사에서 국가발전에 가장 크게 기여한 지도자는 누구냐는 질문으로 설문조사를 했는데 그것을 보니 B 대통령이 1위였어."

"반정 시위자들에게는 전제적이고 포악한 독재자로 보였고, 다소 민주주의가 후퇴되었다는 지적을 받기는 했지만 국가경제 부흥에는 사욕 없이 헌신적이고 유능했으며, 최고의 경영자였다는 결론이지."

예일대 F 교수는 세계 최빈국의 하나였던 한국이 새마을 운동을 시작으로 불과 20여 년 만에 세계적인 무역국가가 되었음을 경이롭게 본다고 했다.

"유신헌법이 싫어서 호주로 이민 간 호주대 모 교수는 어느 나라도 희생을 치르지 않고 산업화를 이룬 나라는 없었다고 지적하면서 B 대통령의 리더십은 전체적으로 평가할 때 과오보다는 성과가 컸다고 했어."

오늘날 우리 나라는 조선, IT, 제철, 전자, 자동차 등을 수출하여 세계 12위권의 경제대국이 되어 일인당 GDP 2만4천 달러(2013년 기준)에 이르고 있다. 인구 5천만 이상의 국가들을 보았을 때 일인당 GDP 76달러에서 2만4천 달러로 오르는데 일본은 100년, 미국은 180년, 영국은 200년이 걸렸는데 대한민국은 불과 46년만에 이룩했다고 한다. 세계 역사상 최단 기간, 초고속의 성장이었다. 참으로 놀라운 일이다.

"이것은 아리랑 하느님의 도움 없이는 절대로 불가능한 일이었지. 우리의 젊은이들도 이 사실을 좀 더 깊이 알아보고 이제는 서로 용서하고 지금은 군부독재자가 없으니 과거 군부독재자에 저항하던 운동권에서 벗어나 민주사회의 민주시민이 되었으면 싶어."

"그렇지. 국민과 후손들을 위한 B 대통령의 애국 독재를 공칠과삼(功七過三)으로 이해하고 감사한 마음을 가지며 기쁜 마음으로 혁신하여 새출발 할 때 우리나라의 앞날도 밝아지고 통일국가로 한 걸음 더 다가설 수 있으며 더욱 발전하게 될 거라고 생각해. 그것이 아리랑 배달민족의 염원이고 아리랑 하느님의 뜻이지."

"그런데 요새 젊은이들은 과거의 역사를 너무나도 몰라. 학교에서 근대사를 잘못 가르치는 것 같아."

"그게 다 전교조 때문이 아닐까?"

"그럴 수도 있지. 전교조라고 해서 다 그런 것이 아니고, 그 중에 약삭빠르고 권모술수가 능란하며 쓰리랑 마음이 특히 강한 한두 사람이 조정하는 것이겠지. 다른 사람들은 어쩔 수 없이 그에 따라가는 것이 아닐까?"

"그럴 수도 있겠지. 그런데 북한에서도 남한처럼 청년들이 자유로이 외국 여행도 하고, 임금인상을 요구하는 데모도 하고, 촛불시위 같은 것을 할 수 있을까?"

"공산당 간부들의 자녀들은 여행이 가능하겠지만 일반 인민들에게는 꿈같은 이야기지. 군복무를 10년이나 하고 집단 농장과 직장에서 공동으로 노동을 해야 하고 모든 식량은 국가가 보유하고 배급제로 똑같이 나누어 주기 때문에 누구도 자유롭게 벗어날 수가 없지 않을까?"

"맞아. 다른 사람들은 공동작업장에서 일을 하는데 자기만 자유로이 여행을 할 수 있겠어? 우리 나라에서 임금인상 요구를 위한 집단행위를 하면 그건 회사에 대한 데모이지만 북한에서는 일터가 국가 소유이므로 국가에 대한 반항 데모가 되어 즉시 정치수용소행이 되지 않을까 싶어."

"요즈음 북한이 핵 개발에 부족한 자금을 벌어들이기 위해 러시아와 폴란드, 몽골 등지에 북한 인민군들을 파견시킨다는군. 한 달에 7~8만 원 정도 받는 인건비에서 충성자금을 의무적으로 보내고, 또 가족에게도 좀 보내야 하고, 나머지로 살아가며 노동을 해야 하니, 그 혹한에도 따뜻한 숙소에서 자지 못하고 콘테이너 박스 속에서 새우잠을 자며 숙식을 해결한다고 하더라고."

"적화통일에 미친, 쓰리랑 마음이 너무나도 강한 북한 수령이 몹시 밉고 그 희생자 북한 동포들이 너무나 불쌍해. 같은 동포로서 동정심이 들어."

"어느 역사학자는 '언제나 최고의 위협은 내부의 적'이라는 말을 했어. 대한민국의 최대의 적은 대한민국의 국시를 무시하는 소수의 불순분자 종북세력들이야. 지금 한국은 무역 1조 달러를 달성했고 세계 최고의 인천공항을 가지고 있으며 한류 열풍으로 지구촌을 뜨겁게 달구고 있어. 하지만 내부의 적을 척결하지 않으면 나라가 무너지고 공산주의 국가가 될 수 있다는 사실을 젊은이들이 알아야 할 거야."

"그것을 제일 걱정하는 사람들이 바로 북한을 가장 잘 아는 탈북자들이야."

"남북 당국이 동족애로 동등한 입장에서 과거의 잘못을 솔직히 시인하고 사과하며 앞으로는 약속했던 것을 이랬다 저랬다 뒤집지 말고 핵무기는 내려놓아야 해. 남북 당국이 상호 신뢰할 수 있는 공정하고 정당한 룰에 의하여 경제적 협력으로 서로 도우며 공동 성장하여 민주주의 통일로 다가가는 게 좋은 거지."

"그건 좋지만 북쪽의 지시에 따라 복종하는 그 종북세력들이 있어. 우리 국민 속에 숨어서 몰래 활동하는 것을 우리 모두가 철저히 감시하고 봉쇄하고 막아야 하지 않을까?"

"설마 적화통일이 될 리가 있겠느냐고 생각하겠지만 그렇지가 않아. 그들의 지시에 복종하거나 꾀임에 속아 협력하는 것은 곧 적화통일 공산주의국가로 가는 길이기 때문이야. 탈북한 사람들은 잘 알지만 북한의 실상을 잘 알지도 못하고 그들에게 속아 북한을 동경하고 적화통일을 갈망하고 선전하는 사람들은 직접 북한에 가서 살아보게 하면 어떨까?"

"그러면 되겠네. 하하"

등산스틱을 짚고 있던 노인이 웃으며 말했다.

"그런데 북한에도 종교의 자유가 있을까?"

"지난번 불교재단에서 북한에 절을 지어 주고 온 것을 보면 있지 않을까?"

"공산주의는 원래 무신론이고 '종교는 무노동으로서 인민의 아편이다'라고 하는 입장이야. 그리고 예수님 말씀인 성경과 부처님 말씀인 불경 내용이 주체사상인 당헌에 걸림돌이 될까봐 철저히 말살시켰다고 생각해. 그래서 종교인에 대한 증오심과 복수심을 강조하고 주체사상을 유지하기 위해서 종교가 살아날까봐 철저히 감시하고 있다고 보는 거지."

"그럼 옛날에 절과 교회를 만들어서 종교의 자유가 있는 것처럼 한 것도 외국인들에게 보이기 위한 선전용인가?"

"그렇지. 그래서 승려나 목사도 철저히 감시를 받고 그들의 지시에 의하여 움직이고 있다고 들었어. 그래서 신도들은 거의 없고 시주나 헌금도 낼 여력이 없지 않을까 싶어. 북한 탈북자들이 만든 영화에 보면 진정한 신도들이 북에서 지어 놓은 절과 교회로 가는 것이 아니라 밤중에 은밀하게 지하교회에 모여 몰래 기도하다가 붙잡혀 정치수용소로 끌려가는 장면이 있잖아."

"그럼 북한에는 종교의 자유가 없다고 보는 것이 맞겠네."

"아마 적화통일이 되어 공산당 치하가 되면 제일 먼저 숙청될 대상이 종교인들이 될 거야. 그것도 모르고 설치는 친북 승려들이나 신부들을 보면 너무 어리석게 보여서 참으로 안쓰러워."

"신문에서 보니까 국경에서 감시가 심해져 탈북자 숫자는 줄었지만, 그동안 모두 3만 명 가까이 넘어왔다는데, 그들은 왜 지상낙원이라고 하는 곳에서 탈출했을까?"

"그야 뻔한 거 아냐? 무상으로 공부하고 치료도 무상으로 받는다지만 병원시설도 열악하고 약도 별로 없으며 폐병을 비롯해서 각종 질병이 점점 늘어나고 있지. 게다가 길고 긴 군복무를 마치고 공동작업장에서 일을 하면서 늘 감시당하는 것은 물론, 날마다 주체사상교육을 받아야 하고 자기반성으로 비판도 받아야 하니 누가 살고 싶겠어?"

"그러게 말이야."

"자유도 없이 무조건 끊임없이 수령께 충성심을 보여야 하니 지치고 불만이 쌓이는데, 어느 날 중국에 갔다 온 사람들에게서 소식을 듣기도 하고 혹은 남한에서 보낸 전단 쪽지로, 몰래 듣는 라디오나 TV 방송을 통해 한류에 대한 소식을 접하게 되었던 거지. 스마트 폰으로 몰래 먼저 탈북한 사람들의 이야기를 듣고, 남한의 실정을 알게 되니까 자유를 찾아서 중국으로 넘어가 다른 나라를 거쳐 머나먼 길을 돌고 돌아서 어렵게 온 것이지."

"참 힘든 삶이네."

"그런데 그들이 남한에 와서 도저히 이해가 안 되는 것이 몇 가지가 있다는데, 그 중 특히 강조하여 걱정하는 말이 남한의 종북 좌익세력에 대한 거야. 자유가 없는 비인도적 북한체제를 잘 알지도 못하면서 아직도 그 체제를 동경하는 것은 사상병(思想病)도 아니고 그냥 정신병자들 같다고 한탄한다더라."

"그래서 그들이 그렇게 기를 쓰고 전단을 풍선에 띄워 북쪽으로 보내려는 것이지."

경제민주화에 앞서 사회안정이 기본

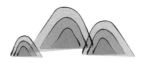

"이것은 또 다른 이야기인데, 세계 어느 나라도 국방 안보, 경제, 민주주의를 동시에 이룬 나라는 없다고 해. 다행히도 우리나라는 초대 L 대통령이 한미안보공약을 체결하여 국방의 틀을 잡았고, B 대통령이 경제적 번영의 기반을 닦았어. 그리고 민주주의가 급속도로 이루어지고 우리가 이만치 잘살게 되었어."

"만일 우리나라가 과거 유신시대에 그 선후가 뒤바뀌어 경제부흥과 수출증대를 위한 강력한 산업화 추진을 뒤로 미루고, 당시의 반정시위자들이 강력하게 주장했던 것처럼 서민을 위한 분배와 민주화를 더 강조하고 추진했다면 지금쯤 어떻게 되었을까?"

"민주화는 잘 이루어졌을지도 모르지. 하지만 냉혹한 국제시장의 경쟁 속에서 수출을 이렇게 많이 하는 세계적인 대기업들이 생겨나지 못했을 거야. 수출을 해야 먹고 사는 우리나라는 아직도 수출이 적어 베트남이나 필리핀보다 못하거나 그 수준밖에 되지 않았을 거야."

"그랬을까?"

"그래도 다행히 산업화의 비전을 가진 강력한 지도자가 있어서 밖으로는 강력한 국방에 신경을 써야 하고 안으로는 반정데모로 인한 사회혼란을 가라앉혀야 하는 상황에서도 경제부흥을 강력하게 추진했지. 그 결과 경제부흥이 먼저 되고 이어 민주화 등 모든 과정이 이루어졌기 때문에 다른 나라는 수백 년이 걸린 산업개발과 민주화가 최단기간에 성취되었다고 생각해. 이제는 국민이 화합만 된다면 선진화 진입이 가능할 거야. 새로운 세계기구인 G20의 의장국이 될 만큼 우리나라의 국제적 위상도 높아졌지."

"맞아, G20을 생각하면 참 자랑스러워."

"세계인들은 우리 대한민국이 어디에 붙어 있는지도 몰랐지. 지지리도 못살던 최하위의 약소국, 국토도 좁고 자본도 자원도 없는 분단 국가, 전후 잿더미의 폐허 속에서 허덕이던 나라에 불과했으니까. 그런 우리가 맨주먹으로 오직 젊은 인재들과 그들이 쌓아 올린 손기술 그 두 가지만으로 짧은 기간에 무에서 유를 창출해서 G20 국가가 되었기 때문에 세계만방에 더욱 더 자랑스럽고 빛나는 것 같아."

"우리는 올림픽과 월드컵도 치렀잖아."

"올림픽과 월드컵이 열렸을 때는 정말 열광을 했지. G20에 뛰어 올라 정말 감격했다. G20은 우리 아리랑 배달민족의 4천 3백여 년의 긴 역사 속에서 가장 빛나고 자랑스런 성취의 증거물이 된 거야."

"그게 어디 공짜로 이루어졌나?"

"산업화세대의 피와 땀으로 성취된 것임을 알고 그 은혜를 절대 잊지 말아야 할 거야. 그리고 그들에게 보답하고 감사해야지. 우리 후손들의 행복을 위해 오직 수출증대라는 방법밖에 없었던 산업화세대의 입장을 깊이 깨닫고, 서로 싸우지 말고 한마음으로 더 노력하고 더 협력하고 더 발전해 나가야 된다고 봐."

법치 없이는 선진국으로 갈 수 없다

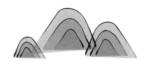

　원조를 받던 나라가 원조를 하는 나라로 바뀐 나라는 오직 우리 나라뿐으로, 세계에서 유례가 없다고 한다. 이것은 하느님이 돕지 않으면 절대 불가능한 일이다. 얼마나 영광스러운 일인가!

　이처럼 우리의 모든 여건들은 과거에 비해 월등해졌지만 계속 유지 발전시켜 선진국으로 진입하기 위해서는 우리 국민들의 의지와 실천력이 더 필요한데 아직은 많이 부족한 듯하다.

　민주주의 국가는 법치주의 국가인데, 준법 정신이 너무나 부족한 것 같다. 법질서가 유지되지 않고는 선진국가가 되지 못함은 삼척동자도 아는 사실이 아닌가? 법을 만들고 법을 운용해야 하는 사람들 중에는 법을 남용하는 자도 있고, 또 법을 위반한 범죄자들과 내통하며 그들을 비호하는 사람도 있다.

　"그들이 먼저 법을 지켜야 국민이 따를 것이 아닌가?"

　"당연하지. 표심을 위한 사익이나 당리보다 국가와 국민을 위해 조금씩 양보하고 타협하는 것은 절대 손해 보는 것이 아니라 국민들 앞에서 승리하는 일인데 그걸 모르는 거야."

애국을 위한 국가안보에는 여야가 없어야 한다. 태극기에 대한 경례도 하지 않고 애국가도 부르지 않는 사람이 있다면 그가 어찌 대한민국의 국민이 될 수 있겠는가? 나라를 사랑하는 마음으로 국경일에 집집마다 태극기를 게양하여 자라는 아이들에게 애국심을 기르자.

애국이란 자유와 권리와 평화, 그리고 법질서가 확립된 대한민국을 지키는 것을 말한다. 세금체납액이 수십 억이 넘는 재력가가 무려 천여 명이 넘는다고 하고, 세금을 적게 내기 위해 어린이의 이름으로 부동산을 매입한 수십억대 부동산 사장이 100명이 넘는다는 기사가 있다. 그리고서 어찌 서민들에게만 납세의 의무를 지키라고 할 수 있겠는가?

노사분규도 애국심으로

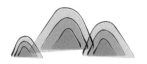

"그런데 우리나라에는 노사분규가 너무 심한 것 같지 않니?"

노인들 가운데 하나가 입을 열었다.

도덕성 없는 상업과 경제발전은 절대 불가능하다. 오늘날의 경제발전은 국제사회의 시장질서를 떠나서는 절대 불가하다는 사실을 깨닫고 사측에서도 가능한 한 내 욕심을 좀 줄이고 양보하며 노동자들을 내 가족처럼 생각하고 책임의식으로 상생의 길을 찾아야 한다. 그것이 도덕성 있는 상업이고, 그것이 노블레스 오블리즘이며 우리 배달민족의 본성인 아리랑 마음이 아니겠는가?

노동자들도 마찬가지다. 살기 위한 민주투쟁이 아니라 집단의 이익만 챙기는 것, 한두 사람의 극단적인 불순분자들의 꾐에 빠져 사회파괴로 가는 투쟁을 경계해야 한다. 그것은 너도 못살고 나도 못사는 망국의 투쟁이 되지 않겠는가?

언제부터인지 '똘똘 뭉쳐 떼만 쓰면 안되는 게 없다'는 생각이 우리 사회에 고질화된 것 같다. 2013년에는 한해 동안 데모 횟수가 무려 만

이천 회가 넘었다고 한다. 물론 내 권리를 찾기 위한 합법적인 데모도 있었겠지만 쓰리랑 마음이 강한 쓰리랑들의 불법시위는 사회 혼란을 야기할 뿐만 아니라 그것을 바라고 노리는 불순한 집단의 의도에 적극 협조하는 반사회적 행위가 되지 않겠는가?

"사회혼란을 야기시키기 위해 전문적으로 불법 데모를 선동하는 종북 불순분자 데모꾼을 적극 색출해서 강력히 차단해야 해."

검은 옷을 입은 노인이 강한 어조로 말했다.

"우리가 선진국으로 진입하려면 1인당 GDP가 적어도 5만 달러는 넘어야 하지 않겠어? 그런데 지나친 노사분규 때문에 그에 따르는 하청업체와 그 가족들 그리고 주위의 상가 서민들만 멍드는 거야. 프랑스 노동자들이 아침마다 네덜란드로 출근하는 이유를 알고 있어? 프랑스 기업인들이 극한 데모를 피해 네덜란드로 이전했기 때문이야."

"우리 기업들도 임금이 적은 중국이나 베트남 같은 곳으로 많이 이전해 갔잖아?"

"그러니까 노조 측에서도 너무 내 욕심만 부리지 말고 애국하는 아리랑 마음으로 조금식 양보해야지, 너무 무리하게 내 욕심대로 요구하면 이윤추구의 기업들이 더 많이 외국으로 이전해 가고 우리 젊은이들의 취업이 더 어려워질 거야."

"실업자가 많아지면 살기가 더 어려워지겠네."

"물론 사측에서도 국가발전과 국민을 위해서, 또 후손들을 위해 애국하는 마음으로 조금 덜 벌더라도 외국으로만 투자하지 말고 국내에 적극적으로 투자해서 일자리를 더 많이 만들어야 한다고 봐. 노사협의도 서로가 조금씩 양보하여 아리랑 마음으로 모두가 함께 잘 살아가는 길을 찾아야지."

"경주의 최부자 집안이 생각나네."

"맞아. 최부자 집안에서는 대대로 자기 집에서 십리 안에 굶어 죽는 사람이 없게 하라는 유훈을 지켰다고 해. 며느리가 들어오면 3년간 비단 옷을 입지 못하게 함으로써 사치를 경계했고, 사랑채에 객실을 만들어 언제나 나그네들을 무료 숙박으로 대접했지."

"땅을 사면 그 소출만큼 소작농가의 소작료를 줄여 주었다고도 하던데?"

"그래서 많은 소작농가에서는 올해도 최부자가 더 많은 땅을 사도록 간절히 바라며 밤마다 빌었다는 거야. 그래서 한때 반란이 일어났을 때에도 그 반란군이 오히려 최부자만은 보호해 주었다지 뭐야? 그것이 진정한 홍익인간의 아리랑 마음이고 아리랑 하느님의 뜻이 아니겠는가?"

사회에 공헌하는 홍익인간으로 기르자

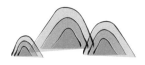

"그런데 요즘은 너 나 할 것 없이 자기 입장만 강조하고 남을 배려하는 아리랑 마음이 너무나 부족한 것 같아. 특히 불법과 속임수로 가짜 물건과 밀수품을 유통시키고 불법 의료행위를 하고, 불량식품을 팔아 떼돈을 노리는 쓰리랑 악당들이 많아서 큰일이야."

"남이야 죽든 말든 제 욕심만 부려 남에게 해를 끼치는 불법행위는 절대 발을 붙이지 못하도록 강력하고 엄중하게 단속하는 법질서가 확립되어야 한다고 봐. 이것이 없어지지 않는 한 복지사회를 위한 건전한 경제발전과 선진국 진입은 불가능하기 때문이지."

유대인은 어려서부터 부모가 동반자가 되어 궁금증을 알아내는 힘과 폭넓은 사고력을 기르는 다양한 토론방식인 '탈무드'로 교육을 받으며 애국심을 키우고 사회에 공헌하는 지식인을 양성한다고 한다.

미국사회에서도 어려서부터 그룹별로 함께 힘든 모험을 겪게 하여 서로 돕고 협력하며 난관을 극복하는 힘을 기르는 교육을 한다. 부모들 또한 고기를 잡아 주는 것이 아니라 함께 동행하면서 고기 잡는 법을 자연스럽게 가르친다.

일본의 가정에서는 '오모우 아리'와 같이 가족과 남을 배려하고 서로 돕는 교육을 하고 줄 서기와 인사하기를 반복적으로 훈련시켜 몸에 익히도록 한다. 그러한 교육들은 지금까지도 계속 이어지고 있다.

영국의 옥스포드 대학에서는 세계적인 저명인사들을 초청하여 강의를 들은 뒤 서로 질문하고 토론하면서 소통하는 시간을 갖는다고 한다. 또한 교육이 끝난 뒤 전교생이 대형 식당에서 정장을 갖춰 입고 일용할 양식을 주신 하느님께 감사 기도하는 식사예절의 전통을 지금까지 이어오고 있다.

프랑스에서는 대입 수험생들이라 해도 파리의 모 카페에서 사회 이슈에 대한 토론회가 열리면 시험 전날이라도 꼭 참석하는 전통이 아직도 이어오고 있다고 한다. 토론은 사회를 이해하고 사고력의 폭을 넓히기 위한 학습방법으로서 대입시험에도 사회의 이슈에 대한 논제가 꼭 나오기 때문이다.

우리 나라의 옛날 사대부 집안에서는 충효와 예절을 중시했으며 자녀들 교육을 위해 동몽선습(童蒙先習)과 명심보감(明心寶鑑)을 필독하게 했다. 그러나 오늘날에 와서는 상위 부유층 엄마들이 충효와 예절보다 우수학교 진학을 더 중요하게 여기는 듯하다. 뭐든지 최고가 되어야 한다고 가르치며 성적 1등에만 주력하고 있는 듯하여 아쉬움이 있다.

우리나라에서는 학원에서 대입고시 하루 전날에 시험에 찰싹 붙으라고 찰떡을 한 개씩 나누어 주고 먹게 하는 전통이 있다. 안동의 모 종가집 종부는 모 대학총장과의 전화 인터뷰에서 이렇게 말했다.

"새 국민이 될 내 자식을 바르게 키우는 일보다 더 중요한 국가대사는 없다"

이처럼 우리도 어려서부터 충효와 예절을 중시하여 법과 질서를 지키고 서로 배려하고 서로 사랑하며 서로 용서하고 돕는 교육을 가정에서 적극적으로 교육하고 실천해 나가야 할 것이다.

공부 1등, 피아노와 미술, 외국어 과외도 중요하지만 그보다 더 소중한 것은 아리랑 마음을 길러 예의와 염치를 배우고, 남을 배려하고 남에게 폐를 끼치지 않게 자제할 수 있는 인내를 기르는 것이다. 또한 양심을 지킬 줄 알고 국가사회에 봉사하는 힘을 길러야 한다.

"이 나이가 되고 보니 그것을 더 깊이 깨닫게 되고 좀 더 관심 있게 자녀교육에 노력할 것을, 하고 얼마나 후회가 되는지 몰라요. 제발 저같은 죄인 부모가 되지 말라는 것이지요."

한숨을 쉬면서 검은 옷을 입은 노인이 말했다.

모든 부모님께 감히 하고 싶은 말은 '경험은 가장 좋은 스승이다'라는 것이다. 지금 우리 사회의 젊은이들에게는 세 가지의 눈이 필요하다. 첫째, 자신을 보는 눈이다. 내가 바라는 것이 무엇이고, 나에게 필요한 것이 무엇인지, 나에게 부족한 것과 꼭 해야 할 일은 무엇인지, 나의 현재 형편은 어떤가를 볼 수 있는 눈이 필요하다는 것이다. 내 형편에서 할 수 있는 최선을 찾는 눈이 필요한 것이다.

둘째, 남을 보는 눈을 가져야 한다. 자기 중심적인 고집이 아니고, 남의 의견을 존중하고 공감하고 동정하며 조화롭게 협동할 수 있는 눈을 말한다. 셋째로 국가와 사회를 보는 눈이 있어야 한다. 역사를 통해 나라와 국민을 위해 크게 공헌한 위대한 인물들은 과연 누구 누구였는지, 그분들은 어떤 훌륭한 업적을 남겼는지, 그분들의 훌륭한 점을 찾아 먼저 배워야 한다. 그런 뒤에 국가와 사회를 위해 내가 할 수 있는 일은 무엇인지, 또 내가 할 수 있는 봉사활동은 없을지 찾아야 한다.

그것을 하는 가장 중요한 때가 바로 지금이고, 그것을 위해 가장 중요한 사람은 내가 지금 만나는 사람이고, 그것을 위해 가장 중요한 일은 그를 사랑하는 일이다. 사랑하는 자녀들을 기를 때 아리랑 마음을 기르기 위해 아무리 어렵고 힘들어도 바르고 정직하게 살아가는 모습을 보여 주며 바른 삶의 진리에 대한 신뢰를 길러 주어야 한다.

"특히 고관이나 부유층의 부모들은 자녀들이 어릴 때부터 그들끼리만 놀게 하지 말고, 부모를 떠나 가난하고 어려운 가정의 아이들과도 어울리게 하고, 그 어려운 가정에서도 일 년쯤 같이 살아 보게 하고, 그들과 같이 아르바이트로 학비도 벌어 보고, 또 농어촌 마을에서도 몇 달씩 살아 보게 하여 그들의 고통과 어려움을 겪어보게 해야 돼."

등산스틱을 든 노인이 고개를 끄덕이며 말했다.

"세상살이를 느껴보게 해야 하는 거지. 그래야 부모님을 잘 만나 걱정 없이 살게 된 것도 알고 부모님께 감사하는 효도의 마음도 느낄 수 있는 거야. 서로 돕고 사랑하는 마음, 서로 배려하는 마음을 배우고 느끼면서 자라게 하면, 장차 그들이 커서 지도자가 될 때 아래 직원들이나 가난하고 어려운 서민 백성들을 더 많이 배려하고 더 많이 사랑하는 아리랑 마음으로 더 훌륭한 민주주의 국가의 지도자가 되지 않을까?"

"미국처럼 그런 제도가 사회에서 자연스럽게 형성되어야 한다고 봐.

예를 들어 미국의 대학에서는 학교 벽을 칠할 때 업자에게 맡기되 고학하는 학생들이 참여할 수 있도록 배려한다고 해. 총장 아들도 마찬가지고. 이런 사회 분위기가 자연스럽게 형성되었으면 해."

"아무리 부자라도 절약을 생활화시켜 절약한 만큼 어려운 사람들을 도와줄 수 있는 홍익인간의 얼을 길러 주는 사회 분위기가 살아나야 한다고 봐요. 우리나라에서는 부모들이 자녀 교육을 너무나 생각 없이 해서 자녀가 부모에게만 의지하게 하고 쓸데 없는 자존심만 강하게 만들어 놓지."

"그뿐인가? 스스로 상위층이란 생각에 어려운 사람을 멸시하고 무시하면서 배려할 줄을 모르는 안하무인격의 교만한 마음만 길러 주는 교육을 하고 있는 거야. 나는 아버지 재산이 많으니 그게 다 내 것이라, 일 안 해도 평생 잘 먹고 살 수 있다, 이거지. 돈을 마구 써도 괜찮지, 아버지가 권력자니 걱정이 없어, 대학도 빽으로 들어갈 수 있고, 힘들고 어려운 군 복무도 하지 않으려고 부모 권력을 이용하는 나쁜 버릇만 생기도록 길러 놓은 게 아니겠어?"

"그래도 우리 젊은이들은 아리랑 마음의 본바탕이 남아 있기 때문에 대부분이 선량하다고 봐. 개중에 쓰리랑 마음이 너무나 강하게 자란 젊은이들이 있어서 그렇지. 어느 날 한 청년이 고속도로를 달리다가 다른 차가 자기 차를 갑자기 추월했다고 해서 그 차를 다시 추월하여 잘못을 따지겠다고 고속도로 1차선에 세워 놓은 일이 있었잖아."

"맞아. 고속도로에서 그러다가 5중 추돌로 대형 교통사고가 일어나 수많은 사람이 다치고 죽었잖아. 그뿐인가? 결국 자기도 크게 다치고,

자기 차도 부서지는 대형 교통사고가 나는 게 TV에 나왔었어."

"말도 마. 가장 번화하고 교통량이 많은 길가에 아무렇지 않게 차를 세워 놓고, 남이야 불편하건 말건 내 차 내가 여기 세우는데 어느 놈이 건드리기만 해 봐라, 그냥 두지 않겠다는 그런 심보의 무법 독불장군들은 또 얼마나 많은지. 오토바이로 떼지어 온 거리를 마구 달리는 불량배들, 돈 많은 부자집 도령님들이 외제차로 고속도로에서 생사를 무릅쓰고 무법질주로 자동차 경주를 하는 일도 많지."

"남을 조금도 배려할 줄 모르는 안하무인격의 깡다구니, 그런 짓들이 젊음의 담대한 기백이라고 쾌감을 느끼는 아슬아슬한 무법 철부지 깡패들이 많아요. 공공장소나 길가에 먹고 난 빈 컵이나 빈 병을 가만히 엎어 놓거나, 아직도 쓰레기와 담배꽁초를 생각 없이 아무 데나 버리고 있는 수치스러운 나라, 이웃나라 싱가포르나 일본과 비교가 되어 참으로 부끄럽고 낯이 뜨거워."

"자유와 권리를 누리면서 그에 따르는 의무를 준수하고 사회협동과 애국 봉사정신과 배려하는 홍익인간의 얼, 아리랑 마음의 심신단련을 위한 교육은 팽개치고 암기와 지식전달 위주의 입시경쟁에 시달리며 공부에만 매달리게 한 교육세도 때문은 아닐까."

"언제 어디서나 안하무인의 1등 경쟁교육으로 자라게 하면서 이기주의의 극치인 나밖에 모르게 키운 일부 쓰리랑 마음이 강한 엄마들의 가정교육도 한몫을 한다고 본다."

이 땅의 젊은이들을 위하여

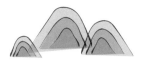

　아리랑 배달민족의 젊은이들이여! 우리 나라가 처음부터 이렇게 문화가 발달되고 권리와 자유가 넘쳐 나고 경제적인 여유가 있었던 것은 아니다. 우리 남쪽의 젊은이들이 북쪽의 젊은이들보다 키가 월등하게 더 큰 것을 알고 있지? 씨족이 달라서가 아니라네. 그것은 우리가 월등하게 경제력이 높아 잘살고 있다는 증거가 아니겠는가?

　오늘 자네들이 만끽하는 이 모든 것들이 아직 완벽하지도 않고 불만스럽겠지만 이만큼이라도 이루어지기까지 우리 배달민족 아리랑들이 그동안 헤아릴 수도 없이 수많은 아리랑 고개를 넘고 또 넘어서 이룬 것이라네.

　우리 민족끼리 서로 사랑하고 서로 용서하고 서로 배려하는 마음으로 남의 마음을 아프게 쓰리게 하는 악한 마음을 버리고 선한 아리랑 마음으로 돌아와야 한다. 그것이 아리랑 배달민족의 숙명이다. 우리가 이렇게 누리는 권리와 자유를 지키기 위해서는 반드시 책임과 의무도 다하는 노력이 절대적으로 필요한 것이다.

옛날 아프리카의 성자 슈바이츠 박사가 노벨상을 받고 귀향할 때, 기차 역 2등대합실에 수많은 환영객들이 모여 있었는데 아무리 기다려도 박사가 나오지 않았다. 그런데 슈바이츠 박사가 3등칸 좌석에서 내려오는 것이 아닌가? 기자가 알아보고 왜 2등 석을 타지 않고 3등석을 타셨느냐 물었다. 그는 4등석이 없어서 3등석을 탔다고 대답했다.

위대한 사람은 이처럼 겸손이 몸에 배어 있다. 내 인생은 내가 만든다는 생각으로 불평불만 대신에 이만큼 살게 해 주신 분들게 감사하는 마음을 가져야 한다. 부정 대신에 긍정하는 마음으로, 실망과 절망 대신에 희망을 가지고 내가 변하지 않고는 아무 것도 이룰 수 없다는 굳은 의지와 실천하는 마음이 필요하다.

최근 영국 기자 Mcbl 은 한국 국민을 평가하기를 IQ가 평균 105로 높고 문맹률 1%, 노약자 보호석이 있는 5개국 중 하나, 여성부가 있는 유일한 나라, 음악성이 가장 높은 나라, 봉사 잘하는 나라 순위 4위, 여성 골퍼 30%, 최상의 인터넷 국가, 세계 우수대 상위권, 기가 가장 센 나라, 대국 국민에게만 '놈'자를 붙이는 나라(미국놈, 떼국놈, 왜놈 등), 그러나 부패하고 조급하며 당파성이 문제인 국가라고 정확하게 평을 했다.

내가 살고 내 아들 딸들이 살아갈 우리의 소중한 땅, 고요한 아침의 나라 아리랑 대한민국을 우리 모두가 깨끗이 아름답게 가꾸어 다음 세대에 물려주어야 하지 않겠는가. 선진국으로 가는 길이 참으로 먼 길이 아니고, 참으로 가까운 내 마음속에 있음을 깨달았으면 싶다.

그럼에도 아직 그것을 깨닫지 못하고 있는 것은 아마 어려서부터 국가 사회에 봉사하는 충효를 중심으로 한 공중도덕심, 즉 아리랑 마음이 제대로 단련되지 못해서인 것 같다.

우리는 하느님이 손수 창조하신 특산물이라는 것을 잊지 말아야 한다. 내 모양, 내 마음, 내 생각, 내 말씨, 내 솜씨, 내 지혜, 내 능력, 내 협동심, 내 동정심이 꼭 같은 사람은 단지 나 한 사람 뿐이다. 내가 가장 좋아하고 내가 가장 잘하는 내 솜씨를 따라 내 지혜와 내 능력을 마음껏 최대한 펼쳐라. 그게 바로 지금이다.

그러면 그대들에게도 반드시 기회가 오리라. 그것이 아리랑 고개를 넘어 아리랑 마음으로 가는 과정이다. 온 세상에 아리랑 배달민족의 5대 한류인 한글, 한옥, 한식, 한복, 한지 그리고 수많은 온갖 Made in Korea 제품들이 넘쳐나고 있다.

또한 세종학당, 한국 드라마, 한국 가요와 같은 한류 바람이 온 세상에 퍼져 가고 있다. 아리랑 노래가 울려퍼지고 우리 젊은이들이 홍익인간이 되어 아리랑 마음으로 온 세상 곳곳에서 봉사활동으로 큰 영향을 끼칠 때, 세상 모든 나라 모든 민족들로부터 진심 어린 존경을 받게 될 것이다.

그때 통일된 온전한 아리랑 배달민족의 금수강산에도, 온 세상에도, 평화와 행복이 가득한 영원한 지상의 낙원이 오리라. 이것이 아리랑 배달민족과 약속하신 아리랑 하나님의 뜻이니라.

* 아리(我里) – 하느님이 다스리는 하늘 나라 마을
* 아리랑 – 하늘 나라 마을 아리에 살던 백성과 아리랑 마음으로
  돌아온 선한 사람
* 쓰리랑 – 쓰리랑 마음을 버리지 못하고 욕심이 많은 악한 사람
* 아리랑 마음 – 아리랑만이 가진 착하고 선한 마음
* 쓰리랑 마음 – 아리랑의 마음을 아프고 쓰리게 하는 악한 마음
  (지나친 욕심)
* 아리랑 고개 – 쓰리랑 마음을 버리고 아리랑 마음으로 넘어가는
  고개
* 랑(郎) –사람(님)

아리랑 고개를 넘자

마치는 글

역사는 과거와 현재를 잇는 인과(因果)이며, 미래를 찾는 희망이라고 본다. 내 나이 금년에 85세가 되고 보니 '너는 늙어 봤냐? 나는 젊어 봤다' 라는 노랫말이 생각난다.

그 길고 긴 세월 동안 힘들게 걸어온 삶의 온갖 추억들을 자세히 더듬어 내가 겪어 가며 보고, 듣고, 읽고, 배우고, 상상하고 느끼면서 애달퍼 슬퍼하기도 하고 자랑스럽게 공감하며 기뻐하기도 했던 그때그때의 모든 사회현상들을 되돌아 본다.

그것들을 알뜰하게 추억하고 되새겨서 글로 그려 보고 싶었다. 위대한 업적들 혹은 부끄러운 일들까지도 소설의 형식으로나마 그 시대상을 이야기로 엮어 우리 젊은이들에게 온전히 전해 주는 것이 늙은이의 소임이고 책무라고 생각했다.

과거를 돌이켜 보는 과정을 거쳐야만 우리 젊은이들도 희망찬 미래를 더 아름답게 설계할 수 있지 않겠는가? 그래서 우리 젊은이들의 희망을 위해 이 글을 썼다고 말하고 싶다.

삶을 살아오면서 직접 보고 겪은 일들은 될 수 있으면 실상을 전하고자 했다. 다만 내가 정확히 알지 못하거나 실제로 겪지 못한 사건들 혹은 듣거나 배워서 알게 된 먼 과거 역사의 일들은 그 당시의 시대상을 고려하고 공부하면서 많은 부분을 상상력으로 가미하여 소설화했음을 밝힌다.

아무쪼록 우리 아리랑 배달민족의 무궁한 발전을 위해 젊고 활기찬 홍익인간이 되기를 축원하는 바이다.

丁酉年 正月
井山